EL QUE VIENE

Reuben Cole Westerns Libro No. 1

STUART G. YATES

Traducido por

JOSÉ GREGORIO VÁSQUEZ SALAZAR

Publicado en 2021 por Next Chapter

Arte de la portada por Cover Mint

Textura de la contratapa por David M. Schrader, utilizada bajo licencia de Shutterstock.com

NOTA DEL AUTOR

En 1905, cuando se desarrolla la mayor parte de esta historia, el uso del teléfono estaba bien establecido. Desde 1901, Brown and Son estaba instalando teléfonos en las escuelas de Kansas para que los maestros los usaran cuando desearan comunicarse con los padres. No es una distorsión de la historia imaginar el uso del teléfono en otras áreas de los Estados Unidos en este momento.

La cámara se hizo popular por Eastman a partir de 1900, con su invención del "Brownie". En 1905 habría muchas cámaras de este tipo en el uso diario. De hecho, de períodos anteriores, tenemos muchas imágenes históricamente valiosas del Viejo Oeste, sobre todo del período de la Guerra Civil.

Del mismo modo, la idea de los supermercados debe considerarse, ya que parece que Kestler ha creado una tienda de este tipo en esta novela. Las tiendas "Piggly Wiggly" en las que los clientes podían comprar todas sus necesidades bajo un mismo techo no se establecieron hasta 1916, pero el de Kestler no es un supermercado en el verdadero sentido del significado. Es una gran tienda, que ofrece una gama de mercancías para ganaderos y agricultores, por lo que no debe confundirse con esos grandes hipermercados en los que ahora hacemos la mayor parte de nuestras compras.

Espero que estas breves explicaciones agreguen valor en lugar de restar, a su disfrute de esta historia.

Para Janice, quien ha hecho que mi vida sea completa.

CAPÍTULO UNO

Reuben escuchó el ruido que lo despertó en la noche y pensó que debía ser el viento que se estaba apoderando de la puerta rota del patio, que nunca podía cerrarse correctamente, lo que hizo que golpeara repetidamente. Dándose la vuelta, trató de ignorarlo, pero cuando el ruido volvió, se sentó de golpe, con los sentidos tensos, la oscuridad presionándolo como un ser vivo. Mientras esperaba, con el cuerpo enrollado como un resorte, se dio cuenta de un detalle muy importante: no había viento esa noche. Ni siquiera un respiro.

Permaneció sentado quieto como una roca durante un tiempo considerable, con la boca ligeramente abierta y el corazón latiéndole con fuerza en los oídos. La casa grande y extensa, construida por su padre hacía unos cincuenta años, cuando la gente llamaba a este pedazo de tierra El Salvaje Oeste, le pareció de repente un lugar extraño y hostil. Alguien había entrado, violado su privacidad. Pero, ¿quién podría ser? Se preguntó. Esto era el año de mil novecientos cinco. Los forajidos ya se habían ido. Muertos, enterrados u olvidados. Los cables del telégrafo zumbaban, el ganado deambulaba por la llanura sin miedo a los salvajes merodeadores e incluso había oído decir que la gente había visto un carruaje sin caballos avanzando por Main Street. Un invento alemán, dijo alguien. Reuben Cole no estaba muy seguro de dónde estaba Alemania. El mundo moderno era un misterio para él.

Sacó las piernas de debajo de las mantas y esperó con las piernas desnudas desde las rodillas para abajo, su camisón delgado, temblando. Las noches eran frías aquí. Frío y sin amigos. Rubén no tenía muchos amigos. Era un solitario, no solo, como siempre se apresuraba a decirle a cualquiera interesado, de los cuales había pocos, pero el camino que había elegido lo mantenía apartado de la compañía y le gustaba así. Nadie a quien tener que responder. Levantarse cuando quisiera, irse a la cama cuando quisiera, tirarse un pedo y...

Ahí estaba de nuevo. Una pisada, sin ningún error.

Reuben permaneció alerta, luchando por evitar que su mente se congelara. Había matado a hombres, pero eso había sido hacía mucho tiempo, allá afuera en el mundo abierto donde las preguntas y respuestas eran más limpias y sencillas, a diferencia de aquí, estando solo en el escondite que él mismo había hecho.

Sabía que tendría que ir y enfrentarse a quien fuera. Un ladrón, un oportunista.

Reuben tenía poca idea de cuánto valía cualquier cosa en la casa, aparte de... Cerró los ojos con fuerza. La vieja pintura que su papá le había comprado a ese extraño viejo en París, Francia. El artista había muerto años antes y sus cuadros, especialmente el grande de Water-Lillie, habían alcanzado una bonita suma. El que estaba colgado en la pared del comedor probablemente valía más que toda la casa.

Abrió el cajón de su mesilla de noche, con cuidado de no hacer ruido, y metió la mano en el interior. Su mano se enroscó alrededor de la familiar culata de madera de arce de su Colt Cavalry. La sacó, revisó suavemente la carga y se puso de pie.

Se recompuso, respirando por la boca, con los ojos clavados en la puerta de su dormitorio. La luz gris del amanecer estaba comenzando a abrirse camino a través de la noche, pero aun así, los ojos de Reuben ahora estaban bien acostumbrados a la oscuridad.

Dio un paso hacia la puerta.

Siguió un estruendo todopoderoso desde abajo, tan fuerte que casi saltó por los aires. Maldita sea, ¿qué podría ser eso?

Pasos aplastando vidrios rotos.

Sabía lo que era. Esa vieja cosa china que papá se había traído de uno de sus muchos viajes al extranjero. Ting o Ying o algo así. Viejo de todos modos. Tan grande que podrías plantar un roble del amor en su interior y aún tener espacio para un olmo.

Alguien estaba saltando por ahí abajo, el sonido era inconfundible. Quienquiera que haya sido, debe haberse golpeado la rodilla contra la mesa auxiliar que sostenía el jarrón y Reuben imaginó al intruso agarrándose la rodilla lesionada con ambas manos, tragándose sus maldiciones.

El accidente decidió todo por él.

Abrió la puerta, todos los pensamientos de mantener el silencio desaparecieron. Subió los escalones de dos en dos, entró en el vestíbulo abierto de par en par y vio a dos hombres, uno desapareciendo por la entrada trasera y el otro agachado y agarrándose la rodilla. Se volvió cuando Cole entró. Su rostro se puso blanco como la ceniza, un grito silencioso desarrollándose en su boca abierta. Cole golpeó al hombre en el costado de la cabeza con el Colt, más fuerte de lo que pretendía e hizo una mueca al escuchar el sonido de un hueso roto que sonó como un disparo.

"¿Peebie? ¿Estás bien ahí?"

El dueño de la voz entró desde el comedor. Vientre grande, cabeza pequeña. En su mano había algo que parecía un machete.

Reuben le disparó alto en el hombro izquierdo, haciéndole girar en un movimiento tan fino como cualquier bailarín de ballet podría completar. “Oh, no, ayuda”, se las arregló para chillar, “¡ha matado a Peebie!”

El grandullón se retiró antes de que el impacto del disparo lo golpeara. Una vez que se diera cuenta de que había sido golpeado, su cuerpo se apagaría y estaría tan petrificado como uno de esos árboles fosilizados en Arizona sobre los que había leído Cole. Regresando a trompicones al comedor, atravesando la puerta, golpeando el suelo con fuerza, el hombre herido, sin embargo, logró ponerse de pie. Reuben fue tras él, pero no había dado un solo paso antes de que un apretón tan fuerte como un tornillo de banco se cerrara alrededor de su tobillo. Miró hacia abajo.

La luz del amanecer, conquistando lenta pero inexorablemente la oscuridad, bañó al intruso original en una luz espeluznante y antinatural. Con la boca abierta, sus dientes blancos rechinaron entre la ruina de su pómulo, y gorjeó: “Te veré en el infierno...”

Intentar sacudirlo resultó inútil, por lo que Reuben atravesó con una bala ese cráneo sonriente y corrió al comedor en busca del otro.

Algo tan duro y pesado como el yunque de un herrero lo golpeó en la parte posterior de la cabeza y lo catapultó hacia un enorme y abierto agujero de negrura.

Estaba inconsciente antes de golpear el piso laminado de parquet.

CAPÍTULO DOS

Sterling Roose se quitó las botas, entró pisando fuerte en su oficina escasamente amueblada e, ignorando cualquier cosa a su alrededor, fue directamente a la cafetera y miró dentro.

"No eres el más observador de la gente".

Roose se dio la vuelta, agarró con la mano su revólver y se quedó paralizado antes de que lograra limpiar la funda principalmente debido a que era un revólver Remington New Model Police con un cañón de cinco pulgadas y media. Este detalle nunca había molestado mucho a Roose hasta ahora. La última vez que había desenfundado su arma había sido casi veinte años antes, esa noche inolvidable cuando él y Reuben Cole dejaron a cinco bandidos mexicanos en la calle principal. Sin embargo, esta no era una tarde cálida y seca. Esta era una mañana cálida y seca y él era mayor, más lento. Además, el hombre sentado en su escritorio tenía un Smith and Wesson de gran calibre apuntando infaliblemente hacia su estómago. Dejó escapar el aliento en una corriente larga y lenta y se enderezó. "Está bien. Has dejado claro tu punto, forastero, ¿te importaría decirme qué estás haciendo en mi oficina?"

“La puerta estaba abierta”.

“Esa no es la respuesta”.

“Cierto”. El hombre sonrió y Roose aprovechó la oportunidad para estudiarlo. Claramente, había estado en el campo durante un período prolongado, su rostro moreno por el sol, un crecimiento de barba de tres o cuatro días que no disimulaba totalmente su sólida mandíbula, la boca delgada. Los ojos azul hielo centelleaban bajo las cejas pobladas, y no era joven. Las líneas profundas le atravesaban las mejillas y alrededor de los ojos. Parecía un individuo endurecido, muy versado en el uso de la pistola en la mano, una mano encerrada en guantes de cabrito gastados y manchados, como el resto de su ropa, en el polvo que invadía todo en ese pueblo. “Estoy aquí para hablarte de Maddie”.

“Oh”.

“Sí... *oh*. Ahora, desabrocha ese cinturón y siéntate muy despacio. Tengo algunas cosas en mi mente que necesitas escuchar”.

“Ni siquiera sé quién eres”.

“Bueno, esa es una de las cosas que podemos discutir, ¿no es así?”.

“El cinturón de armas... Muy lento”.

Todo pareció convertirse en un lío de confusión a partir de ese momento. La puerta se abrió violentamente, la fuerza casi la arrancó de sus bisagras y Mathias Thurst, el joven ayudante de Roose, entró de un salto. Sin nada más que sus calzoncillos largos manchados de sudor, Thurst, como su jefe, no vio al principio la figura angulosa del extraño sentado detrás del escritorio del sheriff. Con los brazos aleteando como los de un molino de viento roto, entró a grandes zancadas, con el cinturón colgando sobre un hombro, el sombrero colgando del cordón del cuello alrededor de su cuello. Llevaba una bota, la izquierda sostenida en su mano izquierda.

"Sheriff, oh, por favor, tiene que venir rápido", comenzó, sus palabras brotaron como si vinieran de una huelga petrolera sin explotar, "es la Sra. Samuels, ella vino montada como una loca en ese pequeño carro suyo y está diciéndole a todo el mundo que tiene..." Su voz se fue apagando cuando sus ojos se posaron en el extraño y, en particular, en el Smith and Wesson de cañón grande que ahora estaba vuelto hacia él.

Roose aprovechó la oportunidad, barrió la pequeña pala de carbón de hierro fundido con la que solía mantener la estufa llena de combustible, y con todo el poder que pudo reunir, golpeó, con bastante satisfacción, a través de la mandíbula del extraño.

Gritando, el extraño se agarró la mejilla derecha y cayó sobre la silla. Chocando contra el suelo, el arma patinando hacia Thurst, se retorció y gimió en voz alta. Mientras tanto, Thurst se agachó y levantó a los grandes Smith y Wesson. "Ni siquiera está cargado, sheriff".

Sin escuchar, Roose se lanzó ágilmente detrás de su escritorio y golpeó la pala dos o tres veces más en el cráneo del extraño. "Porcinos", siseó. Satisfecho de que el extraño no causaría más problemas, se puso de pie, respirando con dificultad y miró a su joven ayudante. "¿De qué estabas gritando, Thurst?"

Thurst tardó un momento en responder, con los ojos en los tallos, estudiando el cuerpo ensangrentado e inerte del extraño.

"¡*Thurst*, abre tus oídos!"

"Yo... Maldita sea, sheriff, ¿cree que podría haberlo matado?"

"No me importa si lo hice"", dijo Roose, con el rostro enrojecido y el sudor brotando de su frente. Tiró la pala pequeña y se subió los pantalones. "Ya estaba aquí cuando entré esta mañana. Me apuntaba con esa pistola. No sé quién es".

En este momento, Thurst estaba junto al cuerpo, con los dedos presionados bajo la mandíbula rota del hombre. "No le siento el pulso".

"Thurst, ¿puedes dejarlo y decirme por qué entraste como si todos los sabuesos del infierno te estuvieran pisando los talones?"

Thurst se puso de pie de nuevo, sacudiendo la cabeza. "La cosa más maldita que he visto en mi vida". Se volvió para fijar su mirada en su jefe. La señora Samuels, ¿usted sabe? Ella limpia varias de las grandes propiedades por aquí. Bueno, ella fue a la casa de Reuben Cole y lo encontró todo golpeado, simplemente tirado en su propio comedor, dijo". Miró el cuerpo y volvió a sacudir la cabeza. "Tal como este, supongo".

"¿Reuben Cole? ¿Vencido? ¿Estás seguro de que eso es lo que dijo?"

"Así mismo es. Está en la cafetería de Drey Brewer, siendo consolada por las hermanas Spyrow. Estaba en mi porche cuando ella pasó volando en su pequeño carro, se detuvo muy rápido y comenzó a chillarme, casi exigiendo que fuera a buscarle a usted. De ahí mi apariencia descuidada, jefe. Me disculpo por eso".

"No te preocupes por ningún código de vestimenta, hijo". Señaló el cuerpo arrugado junto al escritorio. "Tú, eh, ordena aquí después de que hayamos metido a ese idiota en una celda. Pon su arma en mi escritorio".

"No está cargada".

"Te escuché, ¿pero no iba a saber que era yo?"

"No, supongo que no".

“Bueno, entonces”, Roose se quitó la chaqueta y la arrojó sobre el respaldo de su silla, “vamos a llevarlo dentro de la cárcel, luego llamaré al doctor Evans para que lo arregle”.

“No necesita médico, sheriff. Necesita un predicador”“. Otro movimiento de cabeza. “O a Jesús, para que lo resucite”.

CAPÍTULO TRES

Al abrir la puerta de la cafetería, Roose asintió con la cabeza hacia Dray Brewer detrás de su mostrador, y vio a la señora Samuels acurrucada, llorando en un pañuelo empapado, dos ancianas y delgadas vestidas de negro, cada una con un brazo alrededor de ella, arrullando para tranquilizarla con suaves palabras. "Todo estará bien ahora, Jane, tómate tu tiempo. Nada de esto es culpa tuya, has hecho lo que has podido. Mejor déjaselo a las autoridades ahora, ellos sabrán qué hacer... ¡Oh, Sheriff Roose! ¡Una intervención de lo más oportuna!"

Roose se quitó el sombrero, acercó una silla y la arrastró hacia las damas. Las dos mayores le abrieron paso, dejando a la tercera, Jane Samuels, para que lo mirara con los ojos hinchados y enrojecidos por tanto llanto. "Oh sheriff, fue terrible. Hombre pobre".

"¿Está muerto?"

"No, no, estoy segura de que no lo esté. Hice lo que pude, lo coloqué lo más cómodo posible y luego corrí hasta aquí rápidamente, y le dije al joven Thurst que fuera en su búsqueda".

"Hiciste lo correcto, Jane", dijo una de las hermanas Spyrow con dulzura.

"Eso espero, pero... Oh, sheriff, tiene una protuberancia del tamaño de un huevo en la parte posterior de la cabeza".

"¿Usted vio quién pudo haberlo hecho?"

"No. Hace mucho que se fueron, no debería extrañarme. Quien lo hizo le dio una paliza terrible. Y la casa..." Presa de una renovada oleada de angustia, gritó en su pañuelo, "Todas esas cosas hermosas que su papá coleccionaba. Es tan espantoso, espantoso".

"Ahí, ahí Jane, trata de no molestarte tanto", dijo la hermana más cercana a Roose. "¿No puede hacer algo, sheriff?"

"Señorita Spyrow, haré todo lo que pueda para encontrar a los perpetradores, no tenga miedo. Pero Sra. Samuels, tengo que preguntarle de nuevo. ¿Está usted absolutamente segura...? *¿Está muerto?*"

Su rostro se levantó y pareció recomponerse, tomando algunas respiraciones estremecidas. Roose se preparó para lo peor. Conocía bien a Cole. Habían recorrido juntos el campo en los días en que los indios deambulaban libres y los pies tiernos luchaban por comenzar una nueva vida. No podía contar las veces que Cole le había salvado la vida, y ahora él también estaba...

"No, no está muerto, sheriff. Le dije. Lo atendí, lo metí en la cama. Fue un esfuerzo que no me importa decirle. Es un hombre grande".

"No es tan grande, pero aun así..."

"Bueno... Tuve que desnudarlo, sheriff. Bañarlo y lavarle sus moretones, así que sé lo que vi".

Las dos hermanas chillaron, apretando sus diminutas manos contra sus bocas asustadas.

Incapaz de sostener su mirada, Roose se dio la vuelta, con la cara ardiendo. Llamó a Brewer con voz temblorosa. "¿Alguna posibilidad de un café?"

El dueño de la cafetería asintió, pero antes de preparar el pedido de Roose, dijo: "Después de lo que dijo la Sra. Samuels, llamé al mozo de cuadra, Percival, para que fuera a buscar al Doctor Evans para que el Sr. Cole pudiera estar mejor atendido".

"Eso fue muy bueno de tu parte, Dray. Gracias".

"Creo que le rompieron una o dos costillas", dijo la Sra. Samuels.

"Nunca supe que Cole haya sido superado", reflexionó Roose en voz baja. Giró en su silla y miró a la mujer que aún sollozaba. "Debe haber sido más de uno, quizás lo tomaron por sorpresa".

"Sí, no debería extrañarme. Había uno de esos bates de béisbol a su lado, con sangre y mechones de cabello pegados".

Otro chillido, esta vez de horror, de las hermanas acompañantes.

Roose contempló esta noticia por un momento. La mayoría de sus asuntos recientemente habían sido con colonos en el oeste del condado, personas que se estaban mudando de las ciudades que ya crecían más al norte. Algunos eran tipos cuestionables, principalmente viviendo en el lado equivocado de la ley, viniendo de Missouri con precios por sus cabezas. Las ideas ya estaban rumiando en su cerebro, las sospechas crecían. Si hombres desesperados, al borde de la inanición, comenzaban a reconocer y robar propiedades periféricas, él tendría un gran trabajo en sus manos para proteger a la diversidad de población.

"Creo que podría necesitar a su marido, Nelson, señora Samuels. Voy a necesitar un buen grupo de hombres para suplentes. Él estará de primero en mi lista".

"Nelson es demasiado mayor para andar andando en busca de maleantes, sheriff. Sus días en el ejército han terminado".

"Sin embargo, fue uno de los exploradores más capaces que el ejército haya usado jamás, y estoy seguro de que..." Cortó su elección de palabra bruscamente cuando las miradas fulminantes de las hermanas Spyrow se volvieron hacia él. Retorciéndose en su silla, se aclaró la garganta antes de continuar con inquietud. "Lo que quiero decir es que él era un buen explorador en ese entonces, señora Samuels, y las habilidades que tenía son de las que nunca se olvidan. Y no es mayor, es dos años menor que yo".

"Bueno, ahí está, sheriff. *Demasiado* viejo".

Roose regresó a la oficina del sheriff, masticando un puro, sintiendo que lo habían arrastrado hacia atrás a través de la artemisa. Barriendo el suelo, Thurst, con la cabeza y el torso descubiertos, brillaba de sudor. Dejó de barrer cuando Roose entró por la puerta y se apoyó en la escoba, colocando su barbilla en el extremo del palo. "Alguacil. Ese hombre está muerto".

Roose sintió una opresión alrededor de su estómago, los latidos del corazón se aceleraban, el calor del día no lo ayudaba en absoluto. "Eso es lamentable".

"Yo diría que la forma en que usted lo trató con esa pala significó que nunca habría otro resultado".

"Thurst, continúa con tu barrido, luego ve y prepárate para una cacería humana por tierra".

"Estoy considerando no hacer ninguna de esas cosas, sheriff".

"¿Qué dijiste?"

"A mi modo de ver, creo que usted asesinó a ese caballero y yo soy..."

"No era un caballero, Thurst, vamos a aclararlo desde el principio. Estaba aquí para hacerme daño".

“Está bien, pero incluso si no era un tipo tan bueno, todavía está muerto y usted lo mató. Creo que eso es asesinato, ahí mismo y esa es la verdad, sheriff”.

“Me apuntaba con un arma, hierba de estanque”.

“Un arma descargada”.

“Como dije antes, no tenía forma de saberlo. El tipo estaba aquí para matarme, eso era seguro, y no estaba dispuesto a quedarme parado y dejar que lo hiciera. Si no hubieras irrumpido con nosotros, sería yo quien estaría colocando mi parche en el cementerio, no él”.

Mathias Thurst se quedó mirando, no a Roose, sino a la cárcel de más allá y a la masa amontonada que una vez fue un hombre. Roose siguió los ojos de su ayudante y consideró sus opciones. Se preguntó qué habría hecho si Thurst no hubiera llegado en el momento más conveniente. ¿Qué tenía que decir el hombre sobre Maddie o cualquier otra cosa? Seguramente seguro que el hombre era el marido de Maddie. Roose había sido más que amigable con la esposa del hombre durante algún tiempo. Por supuesto, Roose sabía que Maddie estaba casada, pero él creía que todo había terminado entre ellos, así que no podía decir qué había impulsado a su esposo a una confrontación. Claramente, necesitaba un poco de cara a cara con su amante de más de seis meses, para traer algo de luz a la situación. En este momento, sin embargo, tenía otras preocupaciones más urgentes, siendo Thurst la principal de ellas.

Roose infló sus mejillas y midió a su ayudante con una mirada fría, con las manos en las caderas, bien lejos de la New Model Police guardada en su funda, el arreglo listo para ceñírselo a la cintura. “Mathias, podemos resolver todo esto, de verdad podemos, pero en este momento tenemos una cacería humana por comenzar. Mi objetivo es encontrar a los responsables de irrumpir en la casa de Cole y golpearlo hasta casi matarlo. Voy a necesitarte".

"No voy a ir", dijo Thurst sin detenerse un momento para considerar las palabras de Roose. "Terminé con esto y terminé con usted, Sheriff".

"¡Espera un minuto, Thurst, esto no se trata solo de ti y de mí! Podemos lidiar con esto cuando regresemos".

"¿Cómo lo haremos?"

"Bueno, haré una declaración jurada... Presentársela al juez de circuito. Puedes presenciarlo o incluso dar tu propio relato de lo que sucedió".

"¿Después de que regresemos de la cacería humana?"

"¡Sí! Eso es exactamente correcto. Este desafortunado incidente se mantendrá, no es que vaya a ninguna parte, ¿verdad?"

"¿Y qué pasará si no vuelvo?"

"¿Qué pasará si no...? ¿De qué estás hablando? ¡Por supuesto que volverás!"

"Lo que quiero decir es, ¿y si fuera víctima de un accidente, una bala perdida, un cascabel deslizándose debajo de mis mantas? ¿Entonces qué, sheriff? Solo sería tu palabra y..." Se rio entre dientes, un sonido extrañamente sin humor y espeluznante en esa pequeña y polvorienta habitación. "Nadie cuestionaría nada de eso, ¿verdad? Siendo usted un ciudadano tan honrado y todo eso".

"¿Por qué me tomas, Thurst? Tan respetuoso de la ley como cualquiera".

"¿Por qué lo arregló de la manera que lo hizo?"

"Escucha, es complicado, de acuerdo. Es el marido de Maddie. Bueno, era el marido de Maddie".

"Entonces, ¿por eso es que usted los mató?"

"Thurst, ¡has entendido todo mal! Actuaba en defensa propia".

Thurst se volvió, colocando la escoba contra el costado de la estufa. "Bueno, ya he tomado una decisión. No voy a ir. Me quedaré aquí hasta que usted regrese, mantendré el fuerte por así decirlo. Y haré algo con el cuerpo; es probable que madure un poco con este calor".

"Thurst, no hay necesidad de..."

"Hay todas las necesidades Sheriff. No soy tonto y no voy a arriesgar mi vida porque usted mató a un hombre".

Y eso fue eso. Roose pudo verlo en los ojos de su ayudante. No iba a dejarse convencer, de una forma u otra. Roose dejó que sus hombros se relajaran y avanzó, empujando a Thurst. Sacó tres Winchester del armario abierto y se llenó los bolsillos de cartuchos. "Me llevaré a Samuels conmigo y probablemente también a Ryan Stone. Ambos sirvieron en el ejército y saben lo que es estar en campo abierto". Apiló los Winchester en el hueco de su brazo y miró a su ayudante. "Me has defraudado, Mathias. Cuando regresemos, solucionaremos esto. Y no será una ventaja para ti".

"Al menos todavía estaré vivo".

Roose fue a decir algo, se lo pensó mejor y salió pisando fuerte hacia el calor deslumbrante de otro día sin aire fresco.

CAPÍTULO CUATRO

Cabalgaron lentamente por la llanura interminable, los tres hombres vistiendo sombreros mexicanos de ala ancha. Encorvados sobre sus escuálidas monturas, cuyas propias patas se doblaban bajo el peso de sus jinetes, el implacable calor agotó todas las fuerzas e hizo que incluso las acciones físicas más simples fueran una épica en determinación y esfuerzo. El líder era enorme y montaba en mula. Contra cada uno de los flancos de los animales golpeaban y sonaban bolsas de lona abultadas, cuyo ruido reverberaba a través del paisaje abrasador, un paisaje desprovisto de sombra.

"Salomón", dijo el segundo en la fila, con voz débil y áspera, "tenemos que encontrar un lugar para descansar, si no para nosotros, entonces que sea para los caballos".

Salomón hizo rodar sus enormes hombros, se quitó el sombrero y se pasó una manga por la frente. Estaba calvo salvo por algunos mechones de cabello negro grasoso, que una vez, hace algún tiempo, se había barrido la cabeza en un intento de disfrazar su falta de algo en la parte superior. No había funcionado y él había renunciado a la lucha y se había rendido a lo inevitable. Comparado con su tamaño, la cabeza era tan pequeña que la gente lo llamaba “Cabeza de Alfiler”, pero nunca en la cara. Tal cosa sería suicida, porque Salomón era un hombre muy versado en matar. Era algo de lo que disfrutaba.

Detuvo su mula. El animal, cuando decidió que quería, redujo la velocidad hasta casi detenerse, pero no del todo. “No estoy muy seguro de dónde podría estar esa sombra, Pete”.

Pete se acercó a él. El sudor le rodaba por la cara, cortando pequeños riachuelos a través de la mugre que cubría cada centímetro de él. “Nunca deberíamos haber venido por esta vía. Deberíamos haber tomado el sendero. Es conocido por nosotros y...”

“Nos habrían alcanzado”.

“*¿Quiénes?* ¿El Sheriff Roose? Pasarán horas, tal vez incluso días, antes de que averigüen lo sucedido”.

“Bueno, no quería correr riesgos”.

“Ese era Reuben Cole”, dijo el tercer hombre, llevando su caballo al otro lado de Salomón. “Vi el retrato de su papá encima de la chimenea antes de poner mi Bowie a través de él”.

“Reuben, quienquiera que fuera, está muerto”, dijo Salomón con sentimiento. Recordó la satisfacción profunda, casi sexual que obtuvo al golpear su bota en la caja torácica del hombre.

“No lo sabes con seguridad”, dijo Pete.

Girando en la silla, Salomón le dirigió a Pete una mirada fulminante. Le gané muy bien, Pete. Nadie podría sobrevivir a la paliza que le di a ese pedazo de suciedad de bar”.

“Sí, eso dices, Salomón, pero no lo sabemos con certeza...”

“*Lo sé.* Nunca me han vencido en ninguna pelea y no muchos se han levantado de nuevo después de recibir una paliza. Con él es lo mismo. Él está muerto, te lo digo, M-U-E-R-T-O, ¡muerto!”

"Bueno, eso hace que el caso de que Roose venga detrás de nosotros sea aún más definido, ¿no es así?" Los demás miraron al tercer hombre. Delgado como un lápiz, su rostro, manos y cualquier otro trozo de carne expuesta estaban quemados casi hasta quedar crujientes, cada parche de su ropa, tanto lo que cubría su torso como sus piernas, estaba empapado de sudor. "¿Qué?"

"No tienes que decir lo obvio, Notch", dijo Pete, "todos sabemos lo que hará Roose".

"Sí, pero como digo", intervino Salomón, volviendo la mirada hacia el horizonte lejano y la masa de pedregal gris seco que los separaba de él, "no descubrirá el cuerpo en días. Tenemos mucho tiempo para llegar a Lawrenceville y entregar este botín al Sr. Kestler. Será un día de pago como ningún otro".

"Si alguna vez lo logramos", dijo Notch, agitando su cantimplora de agua para lograr un efecto sombrío. El sonido de algunos sedimentos del líquido salpicó el interior. "Apenas me queda un trago aquí".

"Yo tampoco tengo agua", dijo Pete, abatido.

"¡Ustedes dos dejarán de chillar! Lawrenceville no puede estar a más de medio día de viaje, así que aquí no vamos a morir de sed". Con cuidado sumergió su mano derecha debajo de su camisa sucia para sentir la herida palpitante donde Cole le había disparado. La bala había atravesado limpiamente. "Siempre tuve suerte cuando se trata de recibir un disparo, pero esto duele como un pecado". Se miró los dedos ensangrentados y se los lamió.

"Espero que tengas razón acerca de que no estamos muriendo aquí, Salomón", gimió Pete, la cabeza colgando más abajo sobre su pecho, la voz sonando derrotada.

¡Tengo razón, maldito seas, Pete! No te han disparado, pero todo lo que haces es gemir como una anciana. Ahora anímate y continuemos antes de que realmente nos friamos aquí “.

Con eso, Salomón pateó varias veces los flancos de la mula. Finalmente, se movió un poco más rápido, pero no mucho. Caminó pesadamente por el duro y árido suelo donde nada crecía, todo cubierto de un polvo gris uniforme que reflejaba el resplandor de los rayos del sol, haciéndolos rebotar en los rostros de hombres y bestias. Salomón se quitó el pañuelo y se cubrió la mayor parte de la cara con él y, para aliviar aún más el brillo, bajó su sombrero lo más que pudo sin que se le cayera. De esta manera, podría protegerse a sí mismo del resplandor abrasador tanto como fuera posible. Los demás siguieron su ejemplo, se pusieron de hombros y continuaron, resignados a lo que tenían que hacer. Demasiado lejos para retroceder por donde habían venido, no quedaba más remedio que seguir el ejemplo de Salomón.

Pudo haber sido dos horas más tarde, aunque probablemente se sintió como dos días cuando Pete pensó que había escuchado algo, frenó su caballo y se esforzó por escuchar.

¡Allí! Más allá de la lejana cresta, el sonido de...

Entrecerrando los ojos, lo vio, austero contra el cielo blanco. Un rastro de gris que se arrastra hacia atrás desde su punto de origen. No es un incendio. Humo. “¡Humo de Jiminy! ¡*Humo*!”

Los demás reaccionaron, Salomón el primero en hacerlo, saltando de su mula cuando ésta se negó a detenerse por completo. “Maldita sea, ojalá tuviera un telescopio. ¿Humo, dices?”

“No hay duda”, gritó Pete, incapaz y no dispuesto a ocultar el triunfo en su voz.

“Quizá sean indios”, dijo tristemente Notch. “Envían señales de humo, ¿no?”

“No, no son indios, ese es el ferrocarril”, dijo Salomón, girando y lanzando su sombrero al aire. ¡El ferrocarril a Lawrenceville! ¡Chicos, estamos salvados!”

Los demás lo miraron boquiabiertos pero sabían que era verdad.

Estaban salvados.

CAPÍTULO CINCO

Roose salió de la casa de Doc Evans, que también usaba como su consultorio y se paró en el porche, mirando calle abajo hacia una voz que reconoció.

Era Maddie. Vestida con un vestido azul aciano, con un pequeño sombrero pastillero colocado sobre su masa de cabellos dorados caídos, conducía un pequeño cochecito y gritaba: "Sterling, ¿qué diablos está pasando?"

Una de las cosas que realmente adoraba de Maddie era la forma en que su hermosa apariencia no coincidía con la voz ronca. Ella era un gato montés, tanto dentro como fuera de la cama, y él sonrió con una mezcla de orgullo y alegría cuando ella se acercó. Ella era tan dura como se presentase la ocasión, y al mismo tiempo siempre se las arreglaba para verse tan bonita como una foto.

Sin embargo, en sus ojos hoy quemaba algo que no reconoció.

Se acercó y tiró hacia atrás el freno de la rueda. Estudiándolo por unos momentos, su voz se quebró mientras hablaba. "Fui a tu oficina para preguntarte sobre la razón por la cual me dejaste esta mañana sin decir una palabra".

"Ah, sí, lo siento, pero..."

"Y cuando llegué allí, tu joven ayudante y otro chico estaban sacando un cuerpo de la celda. Entonces me detengo, hecha toda un revuelo como era de esperar", Roose se quitó el sombrero y fue a explicar, pero fue interrumpido una vez más, "cuando miro y veo de quién se trataba".

"Quién es... Bueno, tengo que admitir que te mencionó por tu nombre, así que asumí que era un amante celoso". La mentira le vino fácilmente, porque sabía muy bien que el hombre muerto era su esposo, pero no podía decirle eso. Roose le lanzó una sonrisa tímida. "Soy muy consciente de que tienes varios caballeros entre tus amigos".

"¡Era *más* que un amigo, Sterling! Ese era Gunther".

"¿Gunther?"

"Sí, idiota... Gunther Haas, ¡*mi marido*!"

Por un terrible momento, Roose creyó que podría estar en peligro de actuar en exceso cuando su boca se abrió y sus ojos se hincharon. Boquiabierto grotescamente, forzó un tenso: "¿Marido?"". Ella asintió y, para dar más énfasis a sus palabras, olfateó ruidosamente, sacó un pañuelo de seda de su manga y se sonó la nariz en él. Roose se pasó una mano temblorosa por la boca. "Oh, qué calamidad".

"Sí, bien puedes decir: ¡oh, qué calamidad!" Ella le dio a su nariz otra explosión, luego se bajó del asiento del cochecito y se acercó a él, con las manos en las caderas, la cabeza inclinada y la boca en una línea delgada. ¿Me estás diciendo en serio que no sabías quién era?"

"Lo juro".

"Está bien, si es así, dime qué está haciendo Gunther en *tu celda*, muerto como un poste".

. . .

Al escuchar las voces elevadas y los sollozos de Maddie, el doctor Evans salió de la consulta, evaluó la situación y ayudó a Maddie a entrar. La dejó en la mesa de su cocina mientras Roose, siguiéndolo como un perro castigado, se quedó en la puerta, con los brazos cruzados, preguntándose cómo iba a sobrevivir los próximos minutos.

"Ahí, ahí, señora Haas", dijo el doctor en tono tranquilizador mientras dejaba un vaso de agua delante de ella, "intente beber eso y no se moleste tanto".

Murmurando su agradecimiento, Maddie hizo lo sugerido. Se sentó en silencio, secándose los ojos y la nariz con el pañuelo, el aire inhalado le temblaba en la garganta.

Volviéndose de ella, los ojos del doctor Evans se posaron en Roose, la pregunta tácita colgando allí.

"Ha tenido malas noticias", dijo Roose, incapaz de sostener la mirada del médico. "Muy malas".

"¡Está *muerto*, malditos sean tus ojos, Sterling Roose!"

Pasando de uno a otro, con el ceño fruncido cada vez más pronunciado, Evans sacudió la cabeza. "¿Quién está muerto?"

"Su esposo".

Evans se quedó boquiabierto y miró a Maddie, gimiendo. "¿Tu marido? Por qué ni siquiera supe que estaba de vuelta en la ciudad. ¿Cuánto tiempo ha pasado desde que tú...?"

"Más de tres años".

"Bueno, lo estaré"'". Sacudiendo la cabeza, el doctor Evans se acercó a un gran armario con fachada de cristal, lo abrió y extrajo con cuidado una botella de campana, que contenía unas tres cuartas partes de un líquido marrón. Sacó el tapón, llenó un vaso pequeño de la botella y se lo entregó a Maddie. "Aguardiente medicinal. Supongo que te vendría bien eso ahora mismo".

Ella asintió en agradecimiento, hizo una pausa por un momento, luego vertió el contenido del vaso directamente en su garganta.

Evans le dio a Roose una mirada de sobresalto, Roose respondió con un ligero encogimiento de hombros y un cómplice arqueando las cejas.

"Gracias, doctor", dijo, extendiendo el vaso hacia Evans. "Deme otro trago si no le importa".

Roose reprimió una risita mientras Evans vertía una segunda medida saludable. Maddie se tomó su tiempo con este trago.

"Lamento sinceramente su pérdida. Le pediré a la señorita Coulson, mi enfermera, que la acompañe a casa. No debería estar sola después de tal conmoción". Se volvió hacia Roose. "Supongo que hubo un juego sucio, así que ¿alguna idea de quién pudo haber hecho tal cosa?"

"Oh, sí", dijo Roose con una leve sonrisa, "tengo una muy buena idea".

Maddie rechazó la oferta de ser acompañada a casa. En cambio, hizo que Roose condujera el pequeño carro fuera de los límites de la ciudad y lo detuviera en la cima de una loma cercana, bajo la sombra de varios árboles.

"Lo mataste, ¿no es así?"

"Ahora, ¿por qué pensarías tal cosa?"

"Porque vi la mirada en tus ojos cuando el buen doctor te preguntó".

Roose se aclaró la garganta y sacó su bolsa de tabaco. "No tenía idea de que era tu marido".

"¿Eso habría hecho alguna diferencia?"

"Tal vez, tal vez no", roció una línea de tabaco en un papel y hábilmente lo enrolló para darle forma. "Me apuntaba con un arma, probablemente estaba decidido a matarme a tiros. Hice lo que tenía que hacer". La estudió. "¿Cómo es que nunca lo mencionaste todas las veces que hemos estado juntos?"

"Estábamos separados".

"¿Cómo?"

"Nos habíamos apartado, alejado. Estábamos separados. Él había comenzado a jugar con una ramera mexicana llamada Beatriz Gómez hace unos años, así que lo eché. Lo mejor que he hecho en mi vida. Siempre fue mi intención decirte, Sterling..." Un aleteo de las pestañas. "Lo juro".

"Bah, eso no me importa mucho, nada"". Se metió el cigarrillo en la boca, echó un fósforo en la lata de metal sin brillo en la que guardaba sus papeles y tocó la llama hasta el final. Se encendió y Roose aspiró una bocanada de humo y lo exhaló en una larga corriente. "Lo hecho, hecho está. Tengo cosas más importantes en las que pensar. Y necesito tu ayudante del rancho para que me ayude".

"¿Cougan? Es un ermitaño, ese hombre es como su padre".

"Yo conocí a su padre. Lo conocía bien".

"Entonces sabrás que su hijo todavía nos culpa a todos por lo que le sucedió a su familia en Luisiana. Fueron ahorcados, huyendo de la plantación en la que todos estaban trabajando. No es muy amable con los blancos, especialmente con los que hacen leyes".

"Yo no hago la ley, Maddie, solo imparto su justicia. Reuben Cole fue apaleado y dejado medio muerto, por un grupo de vagabundos anoche... Se detuvo cuando vio su rostro, los ojos muy abiertos, los labios temblorosos. Por un momento le pareció que estaba a punto de desmayarse. "¿Estás bien?"

Tomándose un momento, sacó un pequeño pañuelo de seda de su manga y se lo secó en la boca. "¿Cole? ¿Está él...? Quiero decir, ¿medio muerto a golpes, dijiste?".

"Sí..." Él barrió sus ojos sobre ella. Si no se equivocaba, parecía más perturbada por las noticias sobre Cole que por su marido. "Pero ya conoces a Cole..." Una mirada de alarma cruzó sus facciones.

"Bueno, *sí*, lo conozco, pero no de esa manera, Sterling".

"Nunca dije que lo hicieras, Maddie", dijo Roose lentamente, con los ojos fijos en los de ella ahora. "Lo que quise decir es que él es tan duro como un roble y pueden haber hecho todo lo posible por matarlo, pero no lo lograron".

"Ah, sí, sí, por supuesto". Forzó una pequeña risa y devolvió el pañuelo a su lugar de descanso. "Entonces, ¿qué pasó exactamente?"

"Irrumpieron en su casa y se han escapado con casi todas las reliquias de su familia, probablemente valen una buena suma, y mi objetivo es traerlos de vuelta para que paguen sus deudas".

"Sí. Sí, de acuerdo... Pero, ¿por qué necesitas a Cougan?

"Porque es uno de los mejores tiradores locales y podría necesitar sus servicios. Tengo un par de rastreadores, pero dudo que sean muy buenos en un tiroteo". Se rio mientras estudiaba la punta encendida de su cigarrillo. "Fue una suerte que vinieras a la ciudad cuando lo hiciste. Quizás sea una señal".

Ella inhaló ruidosamente, las emociones se recuperaron. Pobre Gunther. No tenías necesidad de matarlo".

"Tenía todas las necesidades. Me habría matado".

"Bueno, veremos qué tiene que decir el juez al respecto".

"¿Juez? ¿Qué quieres decir con eso?

"*Quiero decir* que mi objetivo es dejar que la justicia siga su curso, Sterling. Solo estoy repitiendo tus propios sentimientos al respecto".

¡Eres una zorra, Maddie! Te dije que no tenía otra opción".

"Veremos. Seguro que habrá testigos".

"¿Qué? ¿Con quién hablaste? Quienquiera que haya sido, se ha equivocado, te lo juro".

"No Sterling, no he hablado con nadie, todavía no. Pero creo que podría tener una idea clara de por dónde empezar". Ella sonrió. "Ahora, si no me vas a besar, regresa a la ciudad y luego puedes continuar con tu búsqueda".

Esperaron hasta bien entrada la tarde antes de ver a Cougan entrando en la ciudad montado en un potro grande y de aspecto poderoso. Era un hombre grande y musculoso, que vestía una camisa militar gris y pantalón azul militar sostenido por amplios tirantes. En su cinturón llevaba un Navy Colt y, en su vaina golpeando contra la grupa del caballo, una carabina Spencer. Si no fuera por el ridículamente pequeño sombrero de hongo colocado torcido sobre su coronilla bien afeitada, se vería para todo el mundo como un hombre con una misión.

"Querido Dios, es un gran matón", dijo Nelson Samuels, esperando en su propio caballo junto a Roose.

"Es un especialista del ejército", dijo Roose, "así que trata de no irritarlo demasiado". Miró torcido al otro hombre al que había puesto en servicio, Ryan Stone, un hombre alto, de aspecto enjuto y rasgos afilados. Parecía mezquino y Roose sintió que un nudo se apretaba en su cintura. "No te ves muy satisfecho con la llegada de nuestro compañero, Ryan. ¿Porque eso? ¿Tuviste tratos con Cougan antes?"

"Nuestros caminos se han cruzado". Se inclinó sobre el costado de su caballo, carraspeó y escupió en el suelo. "Nunca me gustó. Un fanfarrón en voz alta es lo que es. ¿Qué te poseyó para traerlo?"

"Es el mejor tirador de este lado del Mississippi. Ninguna otra razón. ¿Ves ese viejo Sharps que está cargando? Puede sacarle el ojo a un cascabel a mil metros con él".

"Es una carabina Spencer, sheriff", dijo Samuels lentamente. "No es que importe si puede usarla". Samuels cambió su peso en su silla. "Hagamos las sutilezas y terminemos con esto. Mi esposa está conmocionada por lo de Reuben Cole y quiere que arresten a esos hombres".

"O que los maten", murmuró Ryan, sin dejar de mirar a Cougan cuando el hombretón se detuvo a menos de media docena de pasos de ellos. Cougan no habló.

Roose tampoco lo hizo, dándole a Cougan un breve asentimiento antes de girar su montura y ponerla en un trote perezoso. Pensándolo bien, no le importaría en absoluto que mataran a esos hombres. Matar siempre había sido una especie de compañero de cama para Sterling Roose.

CAPÍTULO SEIS

Salieron de Fort Concho a finales de agosto de mil ochocientos setenta y cuatro. Los pedidos se enviaron unos días antes y Reuben Cole, junto con Sterling Roose, estaba fuera de la entrada principal de sus barracones la noche anterior a su partida, fumando y mirando hacia la vasta pradera que los rodeaba.

"Escuché que se trata de Comanches", dijo Reuben, dejando que el humo saliera de entre sus labios. No era un gran fumador, permitiéndose uno por la noche antes de acostarse a dormir. "Otra vez", agregó, incapaz de evitar la amargura de su voz.

"Escuché que un grupo de Cheyennes y Arapahos se han unido a ellos. Se escaparon de la reserva para seguir a una banda de Kiowa. Hay muchos, tal vez dos mil".

"Si eso es cierto, esta vez nos espera un largo camino, Sterling".

"Siempre es un largo camino cuando se trata de Comanches. No toman prisioneros. Y esta vez, según el coronel, tampoco nosotros. El gobierno los quiere de vuelta en esa reserva y debemos hacer todo lo necesario para tener éxito en esa demanda".

"Sabes mucho sobre esto, ¿no es así?"

Un brillo travieso jugó alrededor de los ojos de Roose. "Para decirte la verdad, Reuben, estaba escuchando en la puerta del coronel Mackenzie después de que vi que al jinete expreso que se acercaba a toda velocidad por el patio de armas. Algunos de nosotros nos acercamos sigilosamente y escuchamos lo que tenía que decir".

"Eso fue valiente de tu parte. Si el sargento Dixon te hubiera encontrado, habría..."

"Dispara, Reuben, Dixon fue el primero en llegar". Él rio entre dientes. "Supongo que esperaba una jubilación fácil. Su esposa está esperando el primero".

"Tal vez obtenga una licencia compasiva".

"¿Contra los comanches? ¿Me estás tomando el pelo? No, nos necesitan a cada uno de nosotros, para empujarlos contra el Río Rojo, causándoles tantas dificultades como sea posible y así obligarlos a regresar al lugar de donde vinieron. Pero Lobo Solitario los está guiando y es tan duro como las montañas que nos rodean por todos lados. No caerá sin luchar".

Mientras salían en tropel por la entrada principal, con Reuben y Roose en la furgoneta, el sol brillaba en lo alto, golpeando con una intensidad que era casi demasiado áspera para soportar. Como exploradores, llevaban sombreros de paja de ala ancha y ropa de piel de ante que les brindaba cierta protección. Ben Cougan, el tercer explorador, se había traído una sombrilla que ahora giraba delicadamente entre sus dedos gruesos como salchichas. "Me lo compró una joven puta de El Paso. Lo mejor que me ha dado en su vida: era tan fea como una focha vieja".

"Mira quien lo dice, el griego Adonis", se rio Roose.

"¿Qué fue lo que dijiste?"

"Nada, Ben", dijo Roose con una sonrisa, "solo comentando tu excelente apariencia y cómo puedes encantar a las crías más bonitas en tu cama". Guiñó un ojo.

Cougan lo fulminó con la mirada, sin creer una palabra. Era un individuo peligroso e impredecible, pero Reuben lo había golpeado en el trasero en más de una ocasión y simplemente dijo: "Déjalo, Ben". Eso fue suficiente.

El paisaje ondulado era una llanura árida y quebrada, la tierra compacta salpicada de grupos de rocas y grupos de salvia. Un olor acre atrapado en la parte posterior de la garganta de los hombres; los tres exploradores se levantaron los pañuelos para cubrir la nariz y la boca.

Establecieron un ritmo constante, enhebrando sus monturas por el terreno accidentado, sabiendo que lo más peligroso que podían hacer aquí sería que un caballo se torciera un tobillo en una depresión oculta. El cascabel ocasional siseaba su advertencia y, a veces, la rara vista de un águila volando hacía que mirasen hacia el cielo. Aparte de estos, nada más se movía y los únicos sonidos eran el paso lento de los cascos y los gemidos de los jinetes cerca del borde del aburrimiento.

"No me gusta esto", dijo el joven segundo al mando, el teniente Nathan Brent, con el rostro fresco y un aspecto impecable a pesar del calor. Se había acercado a los exploradores que caminaban unos cien pasos por delante de la columna.

Roose, inclinado hacia adelante, con las manos en el pomo de la silla de montar, le dirigió una mirada de aliento, agradeciéndole su entusiasmo y su inocencia. "¿Qué es lo que no le gusta exactamente, teniente?"

"Observa", movió el brazo dramáticamente en un amplio arco, "estamos demasiado abiertos. Los Comanches podrían estar escondidos en una hondonada, esperando atacar".

“¿Golpear y correr, quieres decir?” intervino Cole.

“¡Sí! Precisamente”.

“¿Qué sugiere, teniente?” preguntó Roose, estirando la espalda. “Podríamos dispersarnos, pero no creo que haya indios aquí”.

“Es más probable que se escondan entre esas rocas”, dijo Cole, señalando hacia una lejana cadena de montañas bajas dentadas, que brotaban de la tierra gris como dientes de gigantes. “Las cumbres son prácticamente imposibles de escalar, pero hay todo un sistema de cuevas, riscos y senderos ocultos donde cualquier número de hombres podría esconderse”.

“Entonces deberíamos inspeccionarlas, ya que nos dirigimos en esa dirección”.

Cole se veía incómodo y miró a Roose.

“Es un buen viaje de dos horas, teniente. No regresaríamos hasta el anochecer”.

Miró a su alrededor, metió la mano en una de sus alforjas y sacó un par de binoculares alemanes fabricados con precisión. Examinó la llanura a su izquierda, gruñendo cuando encontró lo que estaba buscando. “Allá hay un pequeño nudo de árboles y aulagas, que proporcionará a los caballos un poco de alivio del sol. Mi consejo sería acampar allí y esperar nuestro regreso”. Continuó moviendo las gafas para cubrir todas las direcciones.

“Y poner piquetes”, dijo Cole. “Sus mejores hombres”.

Los tres exploradores cabalgaron a buen paso por la tierra plana, trazando un rumbo menos salpicado de fragmentos de rocas rotas. A medida que se acercaban a la base de las montañas, el pedregal aumentó drásticamente, lo que los obligó a bordear hacia el este mientras buscaban un camino hacia la red montañosa.

Dando paso a una gran depresión, el paisaje cambió repentinamente, con pastizales y pequeñas áreas de bosque reemplazando el gris uniforme de la llanura. Fue aquí donde divisaron un pequeño grupo de edificios de madera. Roose frenó y se acercó de nuevo los binoculares a los ojos. "Muy bien, tenemos aquí una cabaña. Parece bien construida y reciente, con un área vallada en la parte trasera. Probablemente verduras y cosas por el estilo. Hay un pequeño granero y un establo, pero no veo caballos... Hay un pozo y para..."

Su voz se fue apagando mientras bajaba lentamente los prismáticos y se volvía hacia Cole, que estaba sentado, esperando en silencio.

"¿Qué?"

"Hay algo detrás del pozo..." Se puso los binoculares en los ojos, ajustando ligeramente el anillo de enfoque. "Parece... No puedo distinguirlo porque está oscurecido por el pozo..."

"Vayamos allí", dijo Cougan, deteniéndose un momento para escupir sobre el cuello de su caballo.

"No hay nada que se mueva en cien millas cuadradas en esta tierra muerta y agonizante. Miren, nada crece excepto arbustos retorcidos de aulagas y cosas por el estilo. ¿Por qué iba a vivir alguien aquí?"

"Han trabajado duro, sean quienes sean", dijo Roose, sin dejar de explorar el asentamiento, "han plantado una gran cantidad de trigo. Granjeros reales, no aficionados entusiastas. Mira esos campos, ese no es el trabajo de alguien que no sabe lo que está haciendo".

"Entonces, ¿dónde se encuentran?"

Roose volvió a bajar las gafas y respondió a la pregunta de su amigo con un simple encogimiento de hombros.

"Voy a bajar allí", dijo Cougan mientras derrumbaba hábilmente la sombrilla y la colocaba justo detrás del pomo de la silla. "Cuanto más tiempo nos sentemos aquí, más probabilidades hay de que nos quedemos fritos. Además, puede que tengan algo de comida, una buena taza de café, un pan saludable". Lamiendo sus labios, se dio unas palmaditas en su amplio estómago, extendió la mano hacia atrás y sacó su carabina Spencer de su funda. "¿Vienen?"

"No me gusta", dijo Roose. "Se ve bien cuidado y todo, pero ¿por qué no hay nadie?"

"Quizás estén adentro, comiendo". Cougan pateó los flancos de su caballo y se puso en marcha por la ligera pendiente. Iré a echar un vistazo". Pronto estaba abriendo un camino a través de la hierba.

¿Lo seguimos?

"Negativo", dijo Cole. Entramos por los flancos. Ve hacia a la derecha. Haz un barrido en un amplio arco y cuando pasas por el otro lado de la hierba, desmonta y avanza despacio".

"¿Esperas problemas?"

"No sé qué esperar", dijo Cole, comprobando su Winchester con deliberado cuidado, "pero algo no está bien. Todos los caballos se han ido, eso me preocupa mucho, Sterling, te diré cuánto". Bebió un largo trago de su cantimplora y se bajó de la silla. "Entraré a pie. Si escuchas disparos, olvídate de lo que dije sobre moverte despacio y cabalga rápido y duro".

Mordiéndose el labio inferior, Roose dio un último barrido con los binoculares, negó con la cabeza y se alejó a medio galope hacia el otro lado.

CAPÍTULO SIETE

Gimiendo por el esfuerzo, Cole se sentó en la cama cuando Maddie entró en la habitación. Con la cabeza ladeada, ella lo estudió con desdén con los labios fruncidos y la barbilla prominente. "Solo mírate, Cole".

"Buenos días para ti también, Maddie".

Luchó por ponerse más cómodo, gruñendo y gimiendo, tratando de encontrar la mejor posición. Ella se acercó, atrayéndolo hacia ella mientras hinchaba una de las tres almohadas detrás de su espalda, antes de acomodarlo suavemente contra la ahora bien acolchada cabecera. "Parece que necesitas una mano amiga".

"Cualquier cosa de ti ayudaría muy bien".

Ella dio un paso atrás, apartando un mechón de cabello de su frente. "No dejes que Sterling te oiga hablar así".

"¿Cuándo se lo vamos a decir?"

Maddie hizo una mueca, disparó su cabeza hacia la puerta del dormitorio y luego volvió de nuevo. "¡Sssh, tonto! Está afuera, hablando con los demás. Estará aquí en un minuto".

"Responde a mi pregunta."

"¡Ahora no, idiota! Antes, cuando me contó lo que había sucedido, creo que sospechaba algo".

"¿Por qué él haría eso?"

¡Maldita sea, Cole! ¿Eres realmente estúpido o qué? Por mi reacción a lo que te hicieron. Casi me derrumbo de preocupación".

"No hay necesidad de que te preocupes por mí, Maddie. He tenido cosas mucho peores, créeme. ¿Entonces, qué fue lo que dijo?"

"Nada, gracias al Señor. Creo que logré desviar su atención cuando le dije que informaría al juez de lo que le sucedió a Gunther".

"¿Gunther? ¿Quieres decir que ha vuelto?

Tomándose su tiempo, revisando y volviendo a revisar la puerta mientras lo hacía, le contó a Cole lo que había sucedido en la cárcel. Cole escuchó sin hacer comentarios y cuando ella terminó, alisó las mantas sobre su pecho. "De todos modos, está listo para ir a cabalgar por la pradera en busca de los hombres que te hicieron esto. ¡Quiero decir, mírate, Reuben!"" Por primera vez, las lágrimas aparecieron bajo sus párpados inferiores y un pequeño rastro se derramó sobre su mejilla. "¡Maldita sea! No quería llorar, pero... ¡*Maldito seas, Reuben*!"

Se acercó a ella mientras sus puños se apretaban y la tomaban de ambos brazos. Ella jadeó. "¡No fue mi culpa, Maddie! Llegaron de noche, buscando robar todo lo que pudieran. Rompieron dos o tres de las mejores cosas de papá. Disparé y maté a uno de ellos, pero el otro me golpeó mientras se escondía detrás de la puerta. Supongo que no estaba pensando tan bien".

"¿Cuándo alguna vez?"

"Estoy contigo, Maddie. Estoy enamorado de ti".

Se detuvo, el color y la tensión desaparecieron de su rostro. Por un momento, a Cole le pareció que estaba a punto de llorar de nuevo. Fue a hablar, pero antes de que pudiera decir nada más, ella se recuperó y se soltó de su agarre. "¿Qué sabes sobre el amor, Reuben? Te has pasado la mitad de tu vida en el camino, la otra mitad deprimido en esta gran casa vacía de tu propiedad".

"Hasta que llegaste".

"*Hasta que yo...* Reuben, hemos pasado unos breves momentos juntos".

"Y en esos momentos me di cuenta de cuánto te necesito".

Sus ojos brillaron con una mezcla de sorpresa, tristeza y algo más... Deseó que fuera esperanza. Un deseo compartido de estar juntos. Lo había sentido cuando ella yacía en sus brazos la última vez que estuvieron juntos. La forma en que se había acurrucado contra él, su voz tan suave, tan dulce. Sabía que habían trascendido la mera relación física. Ahora, con esa expresión de ojos muy abiertos, podía verlo de nuevo.

Fue a hablar y luego contuvo el aliento cuando el sonido de pasos que se acercaban hizo imposible toda conversación posterior.

"Bueno, bueno, hay una bonita imagen".

Era Roose, enmarcado en la puerta, con el sombrero inclinado hacia un lado y los pulgares en el cinturón de la pistola. Maddie, girándose y riendo tontamente, a Cole le sonó forzada, falsa. Si Roose lo entendió, no lo dijo ni cambió de posición. "Sterling, eres un idiota", dijo Maddie. "Solo estoy aquí para darle a Reuben mi consuelo, que es más de lo que tú estás haciendo. Es decir, *míralo*".

Empujándose desde el marco de la puerta, Roose avanzó a grandes zancadas, el sonido de sus botas era ominoso en esa habitación pequeña y oscura. "Dejemos entrar un poco de luz", dijo, mientras se enrollaba un cigarrillo.

Maddie se acercó rápidamente a la ventana principal y abrió las contraventanas. Al instante, los rayos del sol entraron a raudales, recogiendo la neblina de polvo que flotaba en el aire. "Vaya, este lugar necesita una buena limpieza", dijo.

Roose le sonrió a su viejo amigo. "Es cierto lo que dice, Reuben, te ves muy mal".

Inconscientemente, Cole sintió la hinchazón alrededor de su mandíbula. Lo peor del dolor fue a través de sus costillas donde lo habían golpeado con sus botas. No lo sintió en ese momento, después de haber tenido la parte de atrás del cráneo abierta como un huevo. Los vendajes que llevaba estaban cubiertos de sangre seca.

"Puede que tenga que afeitarme la cabeza para quitarme esto", dijo, pinchando el vendaje de pelusa.

"Déjalo", espetó Maddie, apartando su mano. "¿No tienes sentido? El médico dijo que descanses, así que descansa".

"Ella tiene razón", dijo Roose, encendiendo su cigarrillo. Soltó un largo chorro. "Tengo tres buenos hombres esperando afuera. Nuestro objetivo es cabalgar y seguir su rastro. Tenemos un testigo que dijo que vieron a tres hombres subiendo la cola hacia el noroeste. La única ciudad a menos de cien millas del noroeste es Lawrenceville".

"Esa no es la ciudad más acogedora, lo sabes".

"Todavía es bastante fuera de la ley. Pero el ferrocarril llegó hace dos años, por lo que es probable que las cosas hayan mejorado. Un hombre llamado Kestler es el alguacil allí".

"¿Lo conoces?"

Conozco *acerca* de él. Escuché algunas cosas. No todas son cumplidos".

Reuben intentó apartar la manta que lo cubría, pero Maddie estaba allí primero, "¿Qué crees que estás haciendo, Reuben Cole?"

Él rio. "Me levanto, me pongo las botas y me voy con ellos".

"No, no es así", dijo Roose rápidamente, reconociendo la mirada salvaje y suplicante de Maddie. "Solo nos retrasarías la marcha".

"Sabes que eso no es cierto. Soy el mejor rastreador de todo este condado".

"Eso es lo que eres, pero no estás en forma para ayudar. Puedo manejarlo".

"Sí, estoy seguro de que puedes, pero conmigo cabalgando junto a ti, lo manejaríamos mucho mejor".

Roose soltó una ráfaga de humo. "No, Reuben. No puedo correr el riesgo. El doctor dijo..."

"Así es, Reuben", interrumpió Maddie, "el doctor dijo que tienes que descansar, que no puedes correr el riesgo de volver a abrir esa herida en la cabeza. Necesitas *recuperarte*, Reuben".

"Maddie", dijo Cole, haciendo todo lo posible por controlar su temperamento, "¿por qué no sales afuera un momento, asegúrate de que esos otros chicos tengan sus cantimploras bien llenas de agua?" Ella lo fulminó con la mirada. "Por favor, Maddie".

Ella abandonó la lucha. No luciendo muy complacida con nada de eso, salió furiosa, su vestido largo barriendo el piso, levantando más nubes de polvo.

Al verla irse, Roose se volvió para considerar a su amiga. "Parece muy preocupada por ti, Reubs".

"Ella siempre ha tenido una debilidad".

Asintiendo, Roose arrojó su humo terminado y lo molió con su bota. "Por lo que yo sabía, no se conocían tan bien".

"Bueno, eso es cierto, Sterling. Maldita sea, ¿estás celoso o algo así?"

"¿Celoso? No. ¿Por qué, debería estarlo?"

"Para nada, viejo amigo".

"Bueno, entonces está bien". Se ajustó el cinturón. "Mi objetivo es llevar a esos bichos ante la justicia, Cole. Puedes contar conmigo".

"Sé que puedo contar contigo. No se trata de tus habilidades. Tú lo sabes".

"Recuerda en el setenta y cuatro cuando cabalgamos por la gran llanura con Cougan".

"Oh Dios mío, ¿por qué estás pensando en eso?"

"No sé. Me vino el otro día, el recuerdo. Tan claro. Casi como si lo estuviera reviviendo".

"Bueno, seguro que no quieres hacer eso".

"Lo sé, pero..." Respiró hondo y se sentó en la cama junto a su viejo amigo. "Estos ladrones han tomado casi el mismo camino. Me hizo pensar, eso es todo".

"Pensando en esos tiempos, Sterling..." Sacudió la cabeza. "No son sueños, son pesadillas".

Recibí un informe a través del cable. Un susurro, para ser honesto. Un grupo de Comanches ha vuelto a escapar".

"¿Qué?" Cole se sentó, ignorando el dolor, pero apretó los dientes de todos modos. "¿Cuántos?"

"No sé. Media docena. Algún joven ha estado preparando cosas, haciendo que algunos de los viejos se pongan nerviosos. Robaron un banco en un pequeño pueblo a unos ochenta kilómetros de El Paso. Mataron a dos cajeros e hirieron a una joven". Miró a Cole a los ojos. "Una mujer embarazada. Ha perdido al bebé".

Cole apartó la cabeza y se mordió el labio inferior. "Esto nunca va a terminar".

"Existe la posibilidad de que los encontremos mientras perseguimos a los demás. Si lo hacemos... Se inclinó hacia adelante. "Cole. ¿Recuerdas entonces cuando encontramos esa casa desierta?"

Cole gruñó, asintió con la cabeza una vez.

"¿Recuerdas cómo entramos? ¿Recuerdas lo que encontramos?"

"¿Qué es lo que estás tratando de decir, Sterling?"

"No estoy seguro de poder pasar por eso de nuevo".

"Te está atormentando, ¿no?" Roose asintió, incapaz de mirar a su amigo a la cara por más tiempo. "Entonces hablemos y desterremos a esos fantasmas para siempre".

CAPÍTULO OCHO

Los recuerdos regresaron, tan vívidos como si fueran de ayer. Cole escuchó con atención, olvidando toda la incomodidad tan pronto como Roose regresó a ese momento hace treinta años cuando se encontraron con una granja desierta.

Roose tomó un amplio espacio, manteniendo el paso de su caballo estable, usando la hierba alta como cobertura parcial de cualquiera que pudiera estar mirando desde la cabaña. Desde una distancia de alrededor de doscientas a trescientas yardas, mantuvo el asentamiento a la vista, deteniéndose de vez en cuando para apuntar sus lentes de campo de precisión de fabricación alemana al grupo de edificios. Vio a Cougan caminando a grandes zancadas por la hierba, rifle en mano. A veinte pasos de distancia, el grandullón había desmontado y ahora avanzaba desafiante, cruzando la puerta abierta de la cabaña sin prestar atención al bulto que había detrás del pozo. Intrigado, Roose se centró una vez más en lo que parecía ser un montón de ropa.

Hasta que vio el brazo desnudo.

Soltó los lentes de su agarre y pateó a su caballo a un galope, cortando una amplia franja a través de la suave hierba que se balanceaba, agitada por una brisa caliente que soplaba a través de los campos.

Un grito, más como un ladrido estrangulado, y Cougan apareció en la entrada de la cabaña, tambaleándose como un borracho, con las manos vacías, sin el rifle. Roose giró su caballo y saltó corriendo, haciendo palanca con su carabina, cayendo de rodillas cuando estaba dentro del rango de llamada y preparando el arma en la puerta.

"¿Cougan?" Esperó, ya sea a que su compañero se moviera o dijera algo. Sin embargo, no hubo una reacción discernible, solo el balanceo de un lado a otro. El rostro de Cougan, gris ceniciento, parecía haberse convertido en piedra, con la boca y los ojos bien abiertos, pero no había vida allí. Era, reflexionó Roose con escalofriante certeza, como un fantasma. Ya está muerto.

Algo se movió más allá de la masa del Cougan inerte. Una forma, tal vez un hombre. Roose disparó una sola bala en la oscuridad de la cabina, la bala de gran calibre pasó por encima del hombro izquierdo de Cougan. Un grito ahogado seguido de silencio.

"¿Cougan?" Roose siseó de nuevo. Más urgente ahora, mientras apalancaba otra ronda en el Spencer y montaba el martillo. Respiró hondo y se estabilizó. Esperando, siempre la parte más difícil al disparar, Roose escuchó con atención por cualquier sonido de movimiento desde adentro.

No había nada.

Manteniéndose agachado, Cole se acercó al costado de la cabaña desde la ladera de la montaña. Se dejó caer boca abajo una docena de pasos más o menos y se deslizó hacia adelante. El paquete de ropa detrás del pozo llamó su atención y desde este ángulo y distancia, pudo ver claramente que era un cuerpo. Una mujer joven, contorsionada en la inconfundible pose de muerte.

Cougan salió por la puerta y se balanceó como un sauce. Cole se alejó rodando y decidió ocupar la parte trasera de la cabaña. Al llegar a la esquina, se puso en cuclillas y comprobó su Winchester. Estaba a punto de moverse cuando el estruendo de la carabina de Roose lo detuvo en seco y esperó, con la boca abierta, esforzándose por escuchar algo.

Un gemido bajo desde el interior del edificio de madera. Definitivamente un hombre, posiblemente malherido.

O posiblemente también un truco, para atraer a Roose al interior.

Tomando algunas respiraciones urgentes, Cole se arriesgó a mirar a la vuelta de la esquina.

Había un hombre arrodillado en la entrada del establo al otro lado del patio trasero. Cole se lanzó de nuevo detrás de la cubierta de la pared de la cabina. Esperó con los ojos cerrados con fuerza, recordando la mirada del hombre. Cabello largo, camisa azul, pantalones de ante. Un indio, posible Comanche o Kiowa. Se arriesgó a mirar otra vez.

Más allá de la cerca del patio, se llevaban los caballos al galope. Quizás media docena de hombres, algunos doblados sobre sus propias monturas, conduciendo a los animales atados con cuerdas a través de los campos lejanos, levantando mucho polvo ya que allí la hierba no estaba en tan exuberante condición. Quizás los colonos, o más bien agricultores, lo habían dejado en barbecho para la siguiente temporada. Cole cerró la boca con fuerza. Nunca volverían a cultivar esta tierra.

Se arriesgó a mirar hacia el establo. Ahora eran dos y, hasta el momento, no lo habían visto, así que se echó hacia atrás, se aplastó contra la pared y esperó el momento oportuno. Tan pronto como se pusieran a cubierto, él también se movería.

No tenía forma de saber cuántos renegados más acechaban entre el asentamiento. Calculó que al menos seis de ellos se marcharon con los caballos en retirada. Los informes habían dicho que alrededor de una docena de indios se habían escapado de la reserva, por lo que en algún lugar había otros seis guerreros. Si Roose había golpeado a uno en la cabaña, todavía quedaban cinco o más con los que lidiar.

Cole presionó el Winchester contra su pecho y midió su respiración. Los Comanches y Kiowas eran los mejores para moverse en silencio. Ya podrían haber dominado la entrada trasera a la cabaña.

Entonces, respirando profundamente, se movió.

Sin ningún movimiento o sonido posterior que emanara del interior de la cabina, Roose decidió bajar su carabina. Cougan continuó manteniendo su curioso movimiento de balanceo, pero Roose sintió que era casi seguro que el hombre estaba muerto. Su gran cuerpo estaba apoyado contra el marco de la puerta, que era lo único que lo sostenía. Pero era el rifle perdido del hombre lo que más preocupaba a Roose.

Con la cabeza gacha, rompió la cubierta y corrió medio agachado hacia el pozo, arrojándose contra la pared curva. Desde este ángulo, tenía una cobertura perfecta para protegerse de cualquiera en la cabaña que le disparara. Sin embargo, no estaba protegido si le disparaban desde el establo.

Había dos hombres en la puerta abierta y también estaban corriendo.

Mientras corrían, otro hombre apareció en la entrada del establo, cubriéndolos con un arco parcialmente estirado.

Roose se arrojó a su izquierda cuando la flecha golpeó la pared del pozo y se desvió en dirección al cielo. Lo habían visto, cortando su oportunidad de moverse.

Esperando, imaginando al indio con el arco montando otra flecha, saltó de su posición y lanzó tres tiros rápidos en la abertura del establo. Las balas golpearon la madera, enviando una lluvia de astillas irregulares, pero sin gritos, sin sangre. Balanceando su Spencer nuevamente hacia la cabina, metió tres rondas más adentro. Agotado, arrojó la carabina y sacó su Colt Cavalry. En ese momento se abrieron más disparos. Eso estuvo cerca.

Cole saltó de su cubierta, de pie, con las piernas separadas, Winchester alineado mientras tres disparos sonaron en el área abierta entre la parte trasera de la cabaña y la puerta del establo.

Los vio. Dos guerreros, hachas en mano, silenciosos como un búho que se abalanza sobre su presa.

Tres disparos más resonaron en la cabaña y Cole respondió, lanzando disparos firmes hacia los hombres que cargaban. Cada bala dio en el blanco, golpeando primero a un hombre, luego al otro, de lleno en el pecho, arrojándolos hacia atrás y Cole puso dos balas más en cada uno de ellos, las cabezas estallaron en un fino rocío de niebla rosada y fragmentos blancos de cráneos destrozados.

Un hombre salió del establo, sacando un arco y Cole le disparó, dejándolo caer como una piedra.

El silencio descendió, inquietante, de otro mundo y Cole se puso de pie y lo vio todo, desapasionado, impasible. Había luchado contra Comanches durante muchos años. Esto no era nada nuevo para él. Sabía de lo que eran capaces estos guerreros, su despiadada agresión casi legendaria. Incluso en la muerte, parecían aterradores.

Se oyeron pasos en el interior de la cabaña y Cole giró, se arrodilló, el revólver en la mano y el Winchester vacío a su lado.

La puerta trasera de la cabaña permanecía cerrada. Una voz conocida por él, llamó desde el otro lado. "¿Cole? Soy yo. No dispares".

La puerta se abrió y Roose se quedó allí, blanco como la muerte. "Está mal, Cole". Empujó su Colt en su pistolera, inclinada para desenfundar rápidamente del cinto en su cintura. "Muy mal".

Sin decir una palabra, Cole tomó el Winchester, pasó junto a su amigo y entró en el interior de la cabaña.

Sus ojos tardaron un momento en adaptarse al cambio de luz.

Una gran sala, donde antes la familia se sentaba alrededor de la mesa, cenando, compartiendo las risas, los rigores de la jornada laboral. Conversaciones ordinarias. Padre, trabajador, enjuto, fuerte. Sus dos hijos, desgarbados, aún no llenos del todo. La esposa. Sencilla, pero decidida. Una hija.

Cole sabía todo esto. Él podía verlos.

La hija estaba afuera, junto al pozo. Ella debió haberse escapado y corrido por su vida. Una flecha en la espalda.

¿Es así como sucedió?

No sabía sobre la chica, pero sabía sobre los demás.

La esposa yacía con los brazos abiertos sobre la mesa. Desnuda, con el cuerpo violado, la boca abierta en un grito silencioso, los rasgos contorsionados por el dolor. Después de haberse hartado de ella, la habían abierto como un melón maduro con un Bowie de hoja pesada, directo al esternón.

Si lo hubieran presenciado, los miembros masculinos de la familia no podrían haberla ayudado. Ambos muchachos colgaban de los pies de las vigas. Desnudos, la sangre fluyendo en espesos arroyos negros por sus cuerpos para mezclarse con su cabello enmarañado.

Entre ellos, apoyado contra la fría chimenea, el padre. Le habían torcido los brazos a los lados y le habían atado las extremidades al mantel para que pareciera un ave de presa, flotando sobre los muertos. Le habían cortado las manos y los pies dejándolo sangrando en un tormento de horror, viendo lo que su esposa tenía que soportar, incapaz de ayudar.

"¿Qué hacemos?"

Cole se volvió hacia su amigo. Algo pasó entre ellos. Una tristeza, pero también una aceptación. Habían llegado demasiado tarde para ayudar a estas personas y eso era algo que se quedaría con ellos para siempre.

"Los enterramos", dijo Cole desapasionadamente, "luego quemamos este lugar hasta los cimientos".

Roose se aclaró la garganta, apartando los ojos de los horrores que lo rodeaban. "¿Y Cougan?"

Gruñendo, Cole se acercó a su compañero. El cuchillo aún sobresalía de su espalda. Podría haber sido el mismo cuchillo que habían usado con la mujer. Cole puso una mano plana contra la espalda de Cougan y sacó la hoja ancha, la carne haciendo un sonido de succión en su intento desesperado por mantener el frío metal adentro. Salió con un repugnante plop y Cole empujó a Cougan hacia adelante y él se derrumbó, como un gran árbol, y se estrelló contra el suelo, boca abajo.

"Después de enterrarlos, damos caza a los demás". Cole se volvió y miró a su amigo. "Solos. Tú y yo. Y cuando los atrapemos, les haré lo que le hicieron a esta pobre gente".

Los ojos de Roose se alzaron y supo que su amigo estaba hablando con la verdad.

CAPÍTULO NUEVE

"Las cosas eran muy diferentes entonces", dijo Cole después de que ambos hombres compartieran sus recuerdos de un cuarto de siglo antes. Miró a lo lejos, recordando esas imágenes, el ardiente deseo de venganza cobró vida una vez más. "Maldita sea, *yo* era diferente".

"Y ahora está sucediendo de nuevo".

"Difícilmente el mismo Sterling. Aquellos que se hayan escapado de la reserva, no serán como los demás".

"Nunca alcanzamos al líder".

"Murió, lo escuché decir. Lobo Solitario. Alguien le disparó y arrojó su cuerpo en un agujero profundo en algún lugar de Nuevo México".

"¿Y tú crees esa historia?"

Parpadeando, Cole frunció el ceño mientras estudiaba a su amigo. "¿Qué quieres decir con eso?"

"Simplemente parece extraño, eso es todo. Que estos otros han..."

"¿No me dijiste que había sido un chico joven quien los incitó, los persuadió para que se escaparan?" Roose asintió. "Bueno, entonces, no va a ser Lobo Solitario. Incluso si no muriera con una bala en su cerebro, ahora sería tan viejo como una focha. Un naufragio tambaleante. Sería... Buen Dios, estaría más cerca de los noventa años".

"Ellos viven mucho tiempo lo escuché decir".

"No *tan* viejos, Sterling. E incluso si Lobo Solitario todavía estuviera vivo, dudo que pudiera montar a caballo y galopar. Estaría viejo y cansado y lo *habrían* dejado atrás".

"¿No es eso lo que somos, Cole? ¿No somos pasado? ¿Crees que todavía tenemos lo que se necesita?" Respiró entrecortadamente y algo traqueteó en su pecho, como clavos en un cubo oxidado. "Tengo que decirte, no estoy seguro. Tal vez acabamos de dejar atrás este negocio, esta tierra. Esta vida".

Inconscientemente, Cole se tocó la parte posterior del cráneo y el pesado vendaje. Él soltó una risita. "Puede que estés justo allí, Sterling, mi viejo amigo. Puede que tengas razón".

Por un momento, la atmósfera deprimida se apoderó de ambos como un ser vivo. Cole tomó un esfuerzo para encogerse de hombros, pero lo hizo, y se recompuso, las arrugas alrededor de sus ojos se endurecieron. "Sterling, déjame ir contigo. Si sales en este estado mental, no hay forma de saber qué podría..."

"¡No *Cole*! Te lo dije, no estás en condiciones de montar en el campo".

Oh, ¿y tú sí lo estás? Recibí un golpe en la cabeza, Sterling, pero tú... Lo que tienes corta una maldita vista más profunda que cualquier cosa que me haya pasado".

"Debes quedarte en la cama", era Maddie, entrando en el dormitorio después de escuchar su conversación desde el rellano. "Tienes que descansar. Órdenes del médico".

“El doctor se puede ir...”

“No, no puedes, Cole”, dijo, acercándose. Presionó una mano sobre los hombros de Roose. “Yo tampoco estoy muy contenta con que vayas, Sterling. Es peligroso”.

“Nadie más está preparado para hacerlo”.

“No tiene sentido”. Se subió las faldas y se dejó caer en la cama. “Así que, entraron y se llevaron algunas cosas. No vale la pena morir por nada de eso”.

“Nadie va a morir”, dijo Roose, pero nada en el tono de su voz convenció a nadie.

Maddie suspiró. Eres terco, Sterling. Obstinado y estúpido”.

“Podrías esperarme”, sugirió Cole, mirando de uno a otro. “De esa manera podríamos rastrearlos juntos, y si hubo alguna pelea, entonces yo podría...”

“El juicio estará frío para entonces”, dijo Roose, sacudiendo la cabeza pero sin atreverse a sostener la mirada de su amigo. “Tiene que ser ahora. Si se escapan, volverán. La tuya no es la única casa grande llena de tesoros”.

“Apenas un tesoro, Sterling”.

“Sabes a lo que me refiero. Si los dejamos ir, todos los jóvenes que se van de aquí a Carson City pensarán que pueden entrar aquí y hacer lo que quieran. Tengo que encontrarlos y llevarlos ante la justicia. Tú lo sabes, Cole”.

Cole gruñó, miró a Maddie y, encogiéndose de hombros, arqueó las cejas en asentimiento.

Se quedó de pie con los brazos cruzados, viéndolos alejarse trotando, dejando la tierra de Cole, tomando el camino hacia el norte. Los miró hasta que fueron meros puntos e, incluso entonces, permaneció donde estaba, deseando que todo fuera un sueño, que se despertara y encontrara que todo estaba como debía ser. A salvo. *Normal.*

"Él estará bien".

Dándose la vuelta, miró por el ancho pasillo hacia donde estaba Cole, inmóvil como una roca, con una mano extendida para apoyarse en la balaustrada.

"Ojalá pudiera creerte".

"No es como antes lo fue", dijo, haciendo todo lo posible por tranquilizarla. "Todos ellos, hace años, cuando estábamos por ahí, el mundo era diferente. Una tierra salvaje e indómita, con peligros en cada esquina. Ya no es así".

"Escuché lo que estabas diciendo. Ha habido un escape".

"Sí, pero incluso eso no es nada..."

Maddie levantó la mano y lo interrumpió. "Te oí. Los tiempos son diferentes. Pero todavía no siento que pueda relajarme". Una última mirada al exterior, luego se dio la vuelta y caminó directamente hacia él, tomando su rostro entre sus manos y besándolo. "Deberías estar en cama".

"Si vienes conmigo".

Ladeando la cabeza, no pudo evitar sonreír. "¿Crees que estás listo para eso?"

"Ayuda a estos viejos huesos a subir las escaleras y te lo mostraré".

CAPÍTULO DIEZ

Acamparon en el fondo de una gran depresión, donde las acacias les daban la sombra adecuada, y había pasto y agua para los caballos. Al romper galletas y tocino, Notch pronto encendió un fuego y mezcló la comida en una sartén negra y la frio. El olor de la comida hizo que todos salivaran. Notch les sirvió café y bebieron con gusto.

"¿Cómo estás ahora, Salo?" preguntó Pete, recostándose contra un árbol bien anudado, estirando las piernas con una expresión de puro deleite en su rostro.

"Estoy bien". Giró su hombro dañado como para subrayar sus palabras. "Estamos a unas pocas horas de Lawrenceville, pero es mejor si descansamos y alimentamos antes de entrar. Quiero que estemos en alerta máxima, muchachos".

Notch levantó la vista de su tarea de revolver las galletas y la grasa, "¿Por qué dices eso? ¿Esperas problemas?

Salomón se encogió de hombros. Se tumbó boca arriba, con el sombrero sobre los ojos y los brazos detrás de la cabeza. Su estómago retumbó con fuerza. "Quizás. No confío en Kestler tanto como puedo escupir".

"Pensé que habías dicho que lo conocías desde hace años"

"Lo conozco. Pero eso no lo hace menos que la serpiente que es. Nunca ha sido totalmente digno de confianza".

"Entonces, ¿por qué te enamoraste de él?" preguntó Pete, incrédulo.

"Sí", dijo Notch, su voz era un gruñido, "eso le costó la vida al viejo Peebie, ¿no? ¿Valió la pena?"

Un pesado silencio cayó sobre ellos, el único sonido era el chisporroteo de la grasa en la sartén. Notch lo revisó sin entusiasmo. "Eso nunca debería haber sucedido. Dijiste que la casa estaría vacía".

"Kestler *me dijo* que estaría vacía".

Y tú creíste en él.

"No tenía ninguna razón para dudar de él". Salomón se incorporó, con el rostro enrojecido, la ira se estaba gestando. "Entiende esto, Notch, la muerte de Peebie no fue culpa mía".

"Nunca dije que lo fuera". Notch cambió de posición, su humor oscuro, sombrío. "Esto está listo. Ojalá tuviéramos un poco de pan". Sacó montones de galletas y tocino en platos de hojalata y se los entregó. Pete tomó el suyo sin ceremonias e instantáneamente comenzó a meterse grandes cucharadas en su boca con avidez. Salomón tomó su plato con mucha más gracia, asintiendo en agradecimiento y tomándose su tiempo para comer.

"Estaba en el salón Lucky Dime", dijo Salomón, sin mirar hacia arriba. "Pasé tiempo allí bebiendo y jugando. Peebie estaba mejor que cualquiera de nosotros y teníamos suficiente dinero para encontrarnos un barracón decente, con comida y una puta o dos. A la tercera mañana, entró Kestler. Es un hombre corpulento y parecía llenar la habitación. Todos se quedaron en un silencio sepulcral. Se acercó a la barra, pidió whisky para él y sus muchachos, y luego se fijó en mí. Sonriendo, se acercó y dejó su vaso frente a mí. Me dijo que estaba contento de haberme encontrado, que debería beber su bebida. Me quedaban las últimas monedas de diez centavos. Supongo que lo sabía. Bebí y su sonrisa se hizo más amplia. Me dijo que tenía un trato que le gustaría discutir conmigo, viendo como retrocedimos". Salomón jugó con un trozo de galleta congelada y grasa. Lo estudió durante mucho tiempo antes de llevárselo a la boca. Lamiendo sus labios, apartó el plato vacío y volvió a tumbarse de espaldas. "Nos conocimos unos años antes, llevando uno de los últimos grandes rebaños de ganado a Wyoming. El ferrocarril siguió bastante rápido después de eso, puso a muchos de nosotros fuera del negocio. Pero en este último viaje, Kestler y yo nos hicimos amigos. Estaba ganando dinero vendiendo esa carne, y había ganado mucho. Dijo que iba a convertirse en sheriff, incluso mariscal, de una ciudad fronteriza llamada Lawrenceville. Bueno, casi lo había logrado al convertirse en alguacil allí. Ahora, ahí estaba, contándome su plan".

Notch guardó su plato. "¿Irrumpir en esas grandes casas antiguas?"

Salomón gruñó. "Había riquezas en abundancia, eran sus palabras. En abundancia. Aparentemente, se estaba acostando con una de las limpiadoras que visitaba las casas regularmente y ella le dijo todo lo que necesitaba saber. ¿Lo creerías? Incluso tomó fotos".

"¿Fotos?" Pete se echó a reír y se secó la boca con el dorso de la manga. Dispara, las he visto. Fotografías es como se llaman. Son como pinturas, solo que sin los colores".

"Así es", dijo Salomón. "Me mostró algunas tomadas de la casa en la que irrumpimos. Dijo que quería los jarrones grandes y los cuadros. Dijo que eran los más valiosos, pero también había figuras de porcelana. De Alemania. Las quería. Debíamos tener mucho cuidado y nosotros..."

"Nos contaste todo eso", dijo Notch, sonando irritado. "Sin embargo, no detuvo a Pete aquí rompiendo ese gran jarrón azul, ¿verdad?"

Ante esto, Pete miró hacia arriba, la grasa rezumaba por ambas comisuras de la boca. "Notch, ese era Peebie".

"Mi culo", escupió Salomón. "Sabía que eras tú".

"Fue ese tipo que se interpuso de la manera que lo hizo, tomándonos a todos por sorpresa. ¡Pensé que la casa estaba vacía, como dijiste! Luego, él le disparó a Peebie y todo... Solo quería salir lo más rápido que pudiera".

"Dijiste que no sabías quién era ese tipo, ¿verdad, Salo?" preguntó Notch. "¿Lo sabía Kestler?"

"No. Kestler nunca me dio ningún nombre, solo me dijo que buscara algunos chicos, entrara y saliera. Luego debíamos hacer lo mismo con otras dos casas. Me dibujó un mapa. Lo tenía todo planeado".

"Reuben Cole. Si lo hubiera sabido entonces... No creo que me hubiera apuntado a nada de esto. Los indios lo llaman "El que viene". ¿Saben por qué?"

"No tengo duda de que me lo vas a decir".

"Porque nunca se detiene".

"¿Nunca detiene qué?"

"Dejar de perseguirte hasta que estás muerto y enterrado profundamente. Se estremeció. "Si lo hubiera sabido..."

"Estás lleno de eso", escupió Salomón. "Él está muerto. Te lo dije".

"¡No lo sabes, *como* te dije!"

"Bah..." Salomón rodó sobre su costado. "Kestler no se molestó de ninguna manera. Dijo que iba a reclutar a otra pandilla para que hiciera lo mismo más al norte".

"¿Otra pandilla? ¿Qué es esto, Salomón? ¡Nunca dijiste nada sobre ninguna otra pandilla!"

"Tranquilízate, Notch", dijo Salomón, volviéndose de nuevo y colocándose el sombrero sobre los ojos. "No es probable que entremos en contacto con ellos. Están en el norte, es lo que les dije".

"Aun así, no me gusta la idea de que compartamos".

"Bueno, pase lo que pase ahora", dijo Salomón, su voz sonaba cansada, casi resignada, "tenemos mucho que explicar. Uno, no tenemos jarrones y dos, nunca llegamos a las otras casas. Kestler no estará muy feliz con nada de eso".

"Pero la muerte de Peebie lo cambió todo", dijo Pete en voz baja.

"Claro que sí", dijo Salomón con sentimiento, "pero dudo que Kestler lo vea de esa manera".

"Lo juro, siento mucho lo de ese gran jarrón viejo. ¿De verdad crees que se volverá loco?"

"Más que loco", dijo Salomón. "Se va a enojar".

CAPÍTULO ONCE

La mayoría de las mañanas, Lance Givens salía a su gran porche cubierto y contemplaba su tierra. Cerraba los ojos y lo inhalaba todo, dando gracias a Dios por los muchos beneficios que se le habían otorgado. Era una especie de ritual y si por alguna razón se olvidaba u omitía enviar su oración al cosmos, la culpa lo corroería por el resto del día. Decir su oración, era algo que rara vez olvidaba. Era un hombre de hábitos estrictos, se podría concluir, al verlo todas las mañanas, que era obsesivo. Ese día en particular, sin pensarlo, empujó la puerta principal y sonrió cuando el calor lo golpeó. Tenía los ojos cerrados. Cuando los abrió, su sonrisa desapareció.

Cinco jinetes, en una línea oscura y manchada, se encontraban en el horizonte lejano, avanzando lentamente, paso a paso, inexorablemente hacia su casa.

Cruzaban un terreno que estaba vallado y lo había estado durante más de treinta años. Givens había reclamado esta tierra hace media vida, había trabajado y sudado por ella, forjándola en el extenso rancho que era ahora. Para tener acceso, estos intrusos debieron haber atravesado la cerca perimetral que delimitaba el lugar donde terminaba el campo y comenzaba su rancho. En ese entonces lo habían llamado un rompe-césped. Ahora lo llamaban "señor Givens". En este lugar, él era la ley. A pesar del prometedor cambio total del siglo XX para el país, esta trama en particular estaba encerrada en días pasados. Givens ni siquiera poseía un teléfono.

Quizás debería tener uno.

Dándose la vuelta, volvió a entrar. Mientras se paseaba por el comedor, ponía la mesa para el desayuno, el viejo Shamus miró hacia arriba y captó algo en el comportamiento de su amo. Él se tensó. "¿Problemas, señor Givens?"

Givens, abriendo el gabinete del rifle, sacó una carabina de repetición Henry y la cargó con la misma precisión metódica que siempre usaba cuando se trataba de armas de fuego. "Podría ser".

Sin decir una palabra, Shamus se acercó al mismo armario y sacó un rifle. No se intercambiaron palabras entre los dos hombres, pero cuando su esposa bajó del dormitorio del primer piso, bostezó, se frotó los ojos y los vio, la atmósfera cambió. "¿Qué es eso?"

Givens accionó la palanca de Henry. "No lo sé. Pilotos. Deben haber atravesado la valla y se dirigen hacia aquí".

"*¿Jinetes*? ¿Quieres decir forajidos?" Un grito estrangulado salió de su garganta y se tapó la boca con una mano.

"Ve a tu habitación", dijo, con la voz en control. Seguro y fuerte. Como siempre fue. "Cierra la puerta y no la abras para nadie".

"Oh no, Lance, ¿y si ellos...?"

Forzó una sonrisa, pero no fue del todo convincente. "Deborah, cierra la puerta. Hay una Colt en mi tocador. Está cargada. Úsala si es necesario".

“Será mejor que haga lo que dice el señor Givens, señora”. Shamus bajó la última bala de su arma y accionó la palanca. “La cubriré desde el rellano del primer piso”.

Gruñendo, Givens fue a regresar al aire libre, pero comprobó que su esposa estaba haciendo lo que él le había ordenado. Vio los rastros de su camisón desaparecer en los últimos escalones de la amplia y amplia escalera y suspiró. Luego salió.

Ahora solo había tres hombres. Parpadeó un par de veces. Sabía que no se había imaginado su número original y este desarrollo le preocupaba. Pensando que los demás debían haber dado vueltas hacia la parte trasera de la casa, miró a ambos lados pero no vio nada. Se movían rápido. Eran expertos.

Se arrodilló y colocó el cañón del Henry sobre la balaustrada del porche. Dejó que se acercaran. Cabalgaban alto en la silla, con la espalda erguida como una baqueta. Mientras se acercaban, siseó en un suspiro.

“Indios”, murmuró para sí mismo.

La figura central era joven, mucho más joven que sus dos compañeros, que eran ancianos nudosos y canosos, rostros bronceados y duros como el cuero, las líneas de la edad profundas grietas en su piel estirada. Uno lucía un sombrero de copa, del cual brotaba una gran pluma de punta negra. El otro llevaba el pelo largo. Ambos estaban vestidos con chaquetas militares viejas, el tinte azul se había desvanecido a un gris apagado. El más joven vestía una camisa blanca metida en unos jeans negros recién planchados. Un rostro esculpido en granito, sus rasgos determinados. Todos los ojos estaban brillantes y alertas, moviéndose de un lado a otro, buscando cualquier peligro.

A veinte pasos frenaron, los caballos resoplaban furiosamente. Este había sido un largo viaje.

"Hola", dijo el joven, llevándose el índice a la frente. "Claro que es una hermosa mañana".

"Están violando una propiedad ajena", dijo Givens, sin dejar de apuntar con el rifle al joven que, sospechaba, era el líder.

"Oh", dijo el hombre de blanco, girando en su silla, mirando a cada uno de sus compañeros con sorpresa. "No sabía eso. Pensamos..."

"Esta es mi tierra. Debes haber atravesado una valla para acceder".

Inclinando la cabeza, el hombre de blanco negó con la cabeza: "No, no, puedo asegurarle que no atravesamos nada, señor".

"Entonces, ¿cómo entraron?"

El hombre se rio entre dientes. "Bueno, había un hueco en su cerca. Simplemente asumimos..."

"No había ningún hueco. Ayer por la noche revisé todo el perímetro. Es una especie de rutina, usted verá. Mis hombres y yo".

Este último punto no pasó desapercibido para los demás. Se pusieron tensos y los mayores refunfuñaron y miraron a su alrededor, agitados. El hombre de blanco, sin embargo, no permitió que su mirada se moviera ni un centímetro. "¿Usted y sus hombres?" Él asintió. "¿Y dónde podrían estar ahora?"

"Señor, eso no es asunto suyo. Su *único* asunto es salir de mi propiedad".

"Como digo, no sabíamos que esta tierra era..."

"Bueno, ahora lo hacen, ¡así que muévanse!" Para dar mayor énfasis a sus palabras, jaló el martillo hacia atrás. "Ahora".

"Eso es muy antipático de su parte, señor. Muy poco amistoso".

El grito fue primero, perteneciente a Deborah, un sonido penetrante lleno de horror, seguido de un solo disparo. La voz de Shamus gritó: "¡Oh, no, por favor, no!" Y una descarga de fuego de pequeño calibre.

Givens instintivamente se puso de pie y se volvió hacia la dirección de los disparos.

El hombre de blanco disparó a Givens en la nuca y se acabó.

Los otros gritaron, saltaron de sus caballos y entraron en la casa. Tomándose su tiempo, el hombre de blanco se echó al suelo, sacó un montón de sacos de arpillera de detrás de su silla y subió al porche. Givens, a sus pies, tenía la cara pegada a la tabla de madera, los ojos bien abiertos y la sangre floreciendo alrededor de su cabeza. El hombre de blanco se agachó y arrancó el Henry de las manos muertas de Givens, bajó el martillo y entró.

Después de servirse un café recién hecho, el joven se dirigió al pie de las escaleras. Los gritos de una mujer angustiada se filtraron hasta él. Gritó: "Muchachos, dejen sus actividades recreativas y vengan aquí para ayudar a llevar las cosas". Uno de los hombres de arriba gruñó, otro se rio. Un solo disparo acabó con el llanto de la mujer.

Bajaron, sin aliento, uno de ellos metiéndose la camisa en los pantalones, sonriendo con orgullo. "¡Vaya, ella era una belleza!"

"Aquí", el hombre de blanco arrojó un montón de sacos hacia los hombres. "Tenemos que movernos rápido. Todavía es temprano, pero tiene vecinos y habrían escuchado los disparos. ¿Por qué no usaste un cuchillo?"

"El viejo focha nos escuchó, trató de dispararme".

"¿Así que le metiste media docena de balas?"

"No sé lo que es media docena, Brody, pero le disparé hasta hacerlo pedazos si eso es lo que quieres decir"

El hombre de blanco, identificado como Brody, se encogió de hombros y se alejó del gran indio.

"Lo que hiciste probablemente despertó a todos en un radio de cien millas cuadradas y pronto se dirigirán hacia este camino para investigar". Sacudiendo la cabeza, se adentró en lo que creía que podría llamarse una biblioteca, dada la cantidad de libros que cubrían las paredes. Se volvió y se encontró con la dura mirada de su compañero. "El señor Kestler quiere joyas y cubiertos, así que hazlo. Los demás ya están trabajando y estás perdiendo el tiempo, ahora muévete".

Ignorando la mirada de indignación del otro, Brody entró en la biblioteca y se maravilló del aprendizaje contenido en tantos volúmenes encuadernados en cuero. Metió la mano en el bolsillo y extrajo la lista que le habían dado. Al escanearlo, no vio ninguna mención de libros, lo cual, en su opinión, era criminal. En el escritorio, sin embargo, había un elemento que podía marcar fácilmente. Una perfecta figura de pareja disfrutando de un paseo vespertino. Dos exquisitas figuras de porcelana, el hombre con un sombrero tricornio, la dama con un vestido blanco fluido, el motivo floral en tela bellamente representado. Brody negó con la cabeza asombrado. Tener la habilidad y el arte para producir tal pieza de brillo en miniatura era algo que solo podía admirar.

Se saboreó con las otras delicias que esperaban ser descubiertas en esa gran y laberíntica casa.

CAPÍTULO DOCE

Roose y sus hombres siguieron el rastro con relativa facilidad. Los tres eran rastreadores expertos, pero Nelson Samuels era el más hábil. Fue él quien vio las señales antes que los demás. "Se dirigen hacia Lawrenceville, eso es seguro".

"Es un viaje de medio día. Los adelantaremos si seguimos andando".

"Los caballos necesitan descansar".

"Pueden descansar después de que hayamos atropellado a esas repugnantes alimañas". Roose comprobó inconscientemente el revólver que llevaba en la cintura. "Los tenemos en la mira y no permitiré que se escapen".

"Dijiste que esto era una cacería humana, Sterling, no una cacería a *muerte*".

"Puedes cabalgar de regreso si lo deseas", dijo Roose. "Se te pagará por tu tiempo".

"No es necesario decir eso, Sterling. Estoy aquí para hacer un trabajo, pero no soy un asesino".

Roose se burló, “tampoco yo”.

El grandullón llamado Cougan estiró la espalda. “Hiciste esto con mi papá, ¿no es así, sheriff?”

“Claro que lo hice”.

“Ustedes eran cazadores de hombres en ese entonces, así escuché decirlo”

“Esto no es lo mismo”.

“Bien entonces”.

“¿Bien *entonces qué?*” Roose se volvió hacia el hijo de su viejo amigo, los ojos brillaban peligrosamente. “¡Estuvieron muy cerca de matar a Reuben, irrumpiendo en su casa, violando los recuerdos de él y de su padre! ¿Y cuántas otras casas han levantado? ¿Me respondes eso?”

“No sabemos sobre eso, Sterling”, dijo Samuels. “No sabemos nada sobre estos idiotas”.

Sé que intentaron matar a Reuben. Si los dejamos ir, enviaremos una señal a todos los vagabundos entre aquí y los Breaks de Missouri para que vengan y se ayuden a sí mismos con lo que sea que tengamos”.

“No estoy diciendo que no los atrapemos o los dejemos ir, Sterling. Los traemos de vuelta para que sean enjuiciados, eso es lo que quise decir”.

“¿Y si se resisten?”

Samuels dejó la pregunta sin respuesta. Se encogió de hombros y se apartó de la mirada acusadora de Roose.

“Entonces los matamos”, dijo Ryan Stone en un tono plano y sin emociones.

Roose gruñó, agitó las riendas y se dirigió hacia Lawrenceville.

Cuando Samuels estuvo seguro de que Roose estaba fuera del alcance del oído, le dio a Stone un golpe en el brazo. "¿Estás preparado para esto, Ryan? ¿Matar a estos hombres a sangre fría?"

"Dispare señor Samuels, es como dijo el señor Roose: casi matan al señor Cole. Yo digo, déjalos muertos, luego podré reclamar la recompensa. Maldita sea, podríamos ser ricos".

"O terminar en el infierno".

"Por un demonio, no ponga comida en la mesa, señor Samuels".

"Él tiene razón", dijo Cougan. Condujo su caballo detrás de Stone y Roose, fijando su mirada en el horizonte.

Samuels se quedó mirándolos en silencio. Pasó mucho tiempo antes de que se alineara.

Desde su posición ventajosa en un acantilado imponente, Stone tenía una línea de fuego ininterrumpida mientras los tres ladrones deambulaban por la pradera abierta.

"¿Puedes dispararles desde este rango?"

Stone miró a Roose de reojo. "Puedo dispararles, aunque no estoy seguro de poder matarlos".

"¿Y tú, Cougan?"

El gran explorador negro se echó hacia atrás el sombrero y silbó silenciosamente. "En el mejor de los casos, solo atinaría a uno de ellos. Los demás se asustarían y cabalgarían como si estuvieran en llamas hacia la ciudad".

"Les advertirían a todos que vamos en camino", agregó Stone.

Roose rodó sobre su espalda y miró al cielo. "Muy bien, si ese es el caso, podríamos esperar hasta que salgan de la ciudad. Mi cálculo es que se encontrarán con alguien allí, venderán sus ganancias mal habidas y luego seguirán adelante".

"¿Quién hará la compra?", Preguntó Samuels, usando los prismáticos de Roose para estudiar a los tres ladrones.

"Mi sospecha es Kestler. Nada sucede en Lawrenceville sin que él lo diga. Tiene ese lugar envuelto y apretado más que un petardo del 4 de julio".

"Kestler no es un hombre con quien jugar, Sterling. Lo sabes".

"Sí, por eso digo que esperemos a que salgan. Solo hay dos salidas posibles. Este u Oeste. Los límites del norte están bloqueados por las montañas. El este está de regreso por aquí, que no creo que tomen debido a su miedo a ser perseguidos". Él se rio entre dientes. "El oeste es su única opción, así que vamos allí, preparamos una emboscada y esperamos".

"¿Y qué tal el sur? Preguntó Stone, sin apartar los ojos de su presa.

"El sur es una llanura amplia y abierta con poca agua y sin sombra. Tiene que ser el Oeste".

"¿Entonces, no les disparamos ahora, señor Roose?"

Sonriendo, Roose estudió a sus dos jóvenes y ansiosos francotiradores. No, Ryan. Les dispararemos cuando salgan".

"Estás loco", dijo Samuels, bajando las gafas y moviendo la cabeza como si estuviera afligido. "Ya te has decidido a matarlos, ¿no es así?"

"No he decidido nada. Aun no".

"Por supuesto que lo has decidido". Miró a los demás. "¡Vosotros lo habéis decidido! Querido Dios, nunca pensé que llegaría a esto".

"Yo tampoco, Nelson, pero así ha sido. Lo que se debe hacer, se debe hacer".

"¿Matarlos, como perros? ¿Y sin juicio? ¿Es eso lo que debemos hacer?"

"Hemos pasado por esto, Nelson. Puedes dejar que me disparen a mí, a Cougan y Ryan si eso ayuda a tu conciencia".

"*Ayuda a mí...* Sterling, ¿puedes escucharte a ti mismo? ¿Conciencia? Lo que planeas hacer aquí es un asesinato. Nada más, nada menos".

"¿Crees que esos chicos habrían pensado dos veces antes de matar a Cole? No tienen conciencia, ¿por qué debería hacerlo yo?"

"Porque eres un *hombre de la ley*, Sterling. ¡O al menos pensé que lo eras! Esto no es los viejos tiempos. Este es el siglo XX. Tenemos leyes y hombres como tú están destinados a hacerlas cumplir, no corromperlas".

"Así que lo dice el predicador".

"Estás loco, Sterling". Samuels bajó los prismáticos y se puso de pie. "No seré parte de esto".

"Siéntate, Nelson", dijo Roose, incorporándose, su revólver materializándose en su mano. "No puedo permitir que te vayas. Ahora no. Estamos demasiado cerca".

"¿Qué? ¿Me vas a disparar, es eso?" Señaló las figuras que disminuían rápidamente en la distancia muy por debajo. "Tu disparo los alertará, Sterling. No querrías eso ahora, ¿verdad?"

"Dije siéntate, viejo saco de viento. Si lo oyen o no, no me molestará. Te mataré a tiros ahora mismo si tengo la intención de hacerlo". Tiró del martillo con determinación. "Siéntate hasta que se pierdan de vista, luego podrás saltar".

“Sheriff”, intervino Cougan rápidamente, “usted despide a ese grandote agente especial de la policía y esos bandidos saldrán corriendo”.

Samuels, ignorando este intercambio, se volvió para ver a Stone mirándolo, con la misma mirada despreocupada en sus ojos. “¿Vas a quedarte ahí, Ryan y sin decir nada?”

“No tengo nada que decir, señor Samuels. Quiero la recompensa, así de simple. Y si vuelve a casa, eso nos deja mucho más a Cougan ya mí. El señor Roose no puede aceptar nada, es la ley. Estaré sentado de lo lindo”.

“¡Con sangre en tus manos!”

Stone se encogió de hombros, suspiró y se enderezó. “Mi papá murió el invierno pasado, con el pecho lleno de sangre y pus. Mamá nunca lo superó. Como una anciana que es. Mary, mi hermana mayor, se esfuerza al máximo por sobrellevar la situación, pero Belinda, la más joven, tampoco está bien. El doctor dice que tiene lo mismo que tenía papá”. Aspiró y se pasó el dorso de la mano por la nariz. “Tengo que hacer lo que pueda para ayudar a mi familia, Sr. Samuels. Vaya a casa si lo necesita, pero tengo la oportunidad de hacer una diferencia para mis seres queridos, y lo haré”.

Mirando hacia abajo, incapaz de responder a ninguno de estos puntos con convicción, Samuels dejó caer sus hombros. Se volvió hacia Roose y asintió con la cabeza. “Guarda tu arma, Sterling. Me iré tan pronto como estén fuera del alcance del oído”.

Roose consintió y devolvió su New Model Police a su funda. “Les daremos media hora y luego nos dirigiremos más allá, hasta el límite occidental, y nos instalaremos entre las rocas”.

“¿Y si le dice a la gente en la ciudad lo que estamos planeando hacer?” Exigió Cougan, de pie en toda su altura impresionante, agitado, con respiración irregular.

Desde este ángulo, Roose pensó que se parecía mucho a su padre y, más concretamente, parecía igual de obstinado e impredecible. "No lo hará", dijo en voz baja.

"No podemos correr el riesgo".

"¿Qué estás diciendo exactamente, Cougan?", Escupió Samuels. "Ya te lo dije, todo lo que quiero es volver; no deseo participar en esto. No le diré nada a nadie".

"Le dirás a tu esposa, todos lo sabemos. Te aferras a sus faldas como si fueras su hijo. Le hablarás y ella se lo contará a todo el mundo".

"Aguarda un momento, Cougan", dijo Roose peligrosamente. "Si Nelson dice que no lo dirá, no lo dirá".

"No estoy tan seguro", gruñó el hombretón y sacó el gran cuchillo Bowie que tenía en la cadera. La gran hoja brilló. Ryan Stone gritó y se escabulló hacia atrás sobre su trasero mientras el gran hombre se lanzaba hacia adelante, preparándose para rebanar la garganta de Samuels.

Roose se movió antes de que nadie más pudiera siquiera recuperar su ingenio. Pasando un brazo alrededor de la mano del cuchillo de Cougan, rompió el pie detrás de las rodillas del grandullón. Mientras Cougan se doblaba y trataba de liberarse, Roose hundió su propio cuchillo profundamente en la espalda del gran hombre, cortando hacia arriba, la hoja cortando órganos vitales, perforando los pulmones y el corazón. La sangre brotó de su puño y se aferró, empujando cada vez más profundo hasta que sintió que la fuerza abandonaba el cuerpo de Cougan. Roose soltó su agarre.

Sin emitir un sonido, Cougan cayó al suelo, muerto.

Los demás se quedaron boquiabiertos ante lo que había sucedido, horrorizados por la rapidez de la muerte de Cougan. Roose dio un paso atrás, respirando con dificultad, mirando el cadáver con repugnancia. “Seguro que heredó todos los malos hábitos de su padre”.

Stone, con el rostro ceniciento, soltó un murmullo estrangulado: “Nunca había visto algo así. ¿Qué hacemos ahora?”

“Enterradlo”, dijo Samuels. Parecía conmocionado, el rostro sin color.

“No. Déjelo para los buitres”, dijo Roose. “No perderé más tiempo con él”.

“Sterling, por amor a la decencia, tienes que hacerlo...”

“No tengo que hacer nada, Nelson, excepto lo que vine a hacer aquí. Ahora deja todo como está”.

Conversación terminada, Roose regresó a su lugar, se cubrió los ojos con el sombrero y estiró sus largas piernas.

Stone miró con incredulidad a Samuels, quien simplemente se encogió de hombros, se dejó caer sobre una gran roca y puso su cabeza entre sus manos.

Nadie habló cuando poco menos de una hora después, Roose y Stone bajaron sus caballos de la ladera de la montaña y comenzaron a cruzar la cordillera hasta el extremo occidental de la ciudad de Lawrenceville. Samuels, habiendo dicho algunas palabras sencillas sobre el cadáver de Cougan, se alejó en la dirección opuesta sin mirar atrás.

Hizo un buen camino, calculando que solo necesitaba acampar una noche antes de regresar a casa con su esposa y una buena y abundante comida. Sin duda, estaría llena de preguntas y Samuels ya paseó por una serie de escenarios mientras marcaba un ritmo constante a lo largo del camino. La muerte de Cougan le preocupó. Sabía que Roose le había salvado la vida, pero la enormidad de la violencia lo sorprendió, lo dejó aturdido y lo obligó a cuestionar la cordura del Sheriff. Había visto algo salvaje en los ojos de su viejo amigo, una pérdida de control. Al mismo tiempo, agradeció a Dios por ello. Cougan lo habría asesinado en un abrir y cerrar de ojos y lo habría hecho con menos conciencia de la que había mostrado Roose. Un temblor lo recorrió. Prefería olvidarlo, lo mejor que pudiese. Su único temor ahora era que su esposa de alguna manera se burlara de él.

Profundo en sus pensamientos, no se percató de los cinco jinetes que salían de la bruma del calor hacia él.

Para cuando lo hizo, ya era demasiado tarde.

CAPÍTULO TRECE

Quizás la característica más destacada de la ciudad era la estación de tren. Dos filas, una sala de espera, marquesina de hierro forjado y, en ese momento, una enorme locomotora siseando vapor estaba aguardando la salida, un hombre llenando de agua el depósito. El motor latía como el corazón de una bestia prehistórica. Salomón tiró de su caballo y aspiró los vapores. "No sé qué es, pero ese olor me hace sentir como en casa".

Notch se rio. "Esa no es una casa que me gustaría visitar".

"Notch, no te invitaría de todos modos." Salomón resopló ruidosamente. "¿Cuándo fue la última vez que te lavaste?"

"Mañana de Navidad, como siempre. No veo ningún sentido en lavar mis aceites naturales, Salo. Es lo que me protege de las enfermedades".

"Bueno, estás maduro, mi viejo amigo. Creo que cuando terminemos, nos reservamos en un burdel cálido y acogedor y nos sumergimos en un baño de hojalata lleno de elegantes perfumes franceses".

"Maldita sea", gritó Pete, arrancándose el sombrero y golpeándose el muslo con él. "¡Me gusta cómo suena eso, por Jiminy! ¿Crees que Kestler nos dará suficiente dólar como para hacer todo eso, Salo?"

"Más que suficiente. Se enojará por el jarrón, pero el resto lo animará".

"Esperemos que sí", dijo Notch, que sonaba poco convencido, lanzando una mirada irónica de reojo hacia Pete.

Lentamente se alejaron del bramido de la bestia locomotora y se abrieron paso hacia la calle principal.

La base de operaciones de Kestler no requería un cartel para identificarla. Junto al primer bar, llegaron a una gran tienda de productos con la leyenda "R KESTLER & Co".

Bajo la sombra de un toldo, tres pistoleros apoyados en la balaustrada de la veranda, masticando tabaco o fumando, parecían aburridos. Se pusieron rígidos cuando Salomón y los demás llegaron sobre sus monturas.

"Hola", dijo Salomón.

Los pistoleros no hablaron.

Salomón cambió su peso en su silla, el cuero crujió. Al inspeccionar la calle, notó lo silencioso que estaba. De las pocas tiendas que seguían abiertas, ninguna parecía tener clientes. Era temprano en la tarde, el aire estaba cargado de calor. Quizás esa fue la razón. Captó la mirada febril de Notch y lo intentó de nuevo. "Estoy buscando al señor Kestler. ¿Se encuentra por aquí?"

"No".

Espetó el más alto de los tres hombres. Se inclinó sobre la balaustrada y escupió en el suelo junto al caballo de Salomón. El animal resopló y golpeó con la pata.

"¿Sabes dónde podría encontrarlo?"

"No".

Lo había intentado. Amable, educado. Ninguno de estos se la puso fácil a Salomón, pero él había hecho todo lo posible. Intercambió otra mirada con Notch y sacó su revólver con un movimiento fluido.

"Entonces haz tu mejor esfuerzo para recordar, muchacho, antes de que te haga un agujero tan grande que el nuevo y elegante tren en la estación podría atravesarlo".

Los tres hombres armados se quedaron boquiabiertos ante la audacia de Salomón. El más alto hizo todo lo posible por reír, pero no salió nada excepto un graznido estrangulado.

Notch y Pete sacaron sus armas.

Salomón sonrió. "Estoy esperando".

"No hay necesidad de nada de eso, Salomón".

Media docena de pares de ojos se dirigieron hacia donde retumbaba una voz de barítono. Un hombre vestido con pantalón y chaleco negros, la cadena de reloj estirada a lo largo de su amplia barriga, se quitó el Stetson y se secó la frente con un pañuelo.

"Bueno, ¿cómo está, Sr. Kestler?", dijo Salomón, el alivio se notaba en su voz. Dejó caer su arma de nuevo en su funda. "Estaba pensando que podríamos haber venido a la ciudad equivocada".

"Es poco probable, Salomón, ya que Lawrenceville es el único asentamiento importante en estos lugares".

“Estaba hablando del comité de recepción”. Señaló con la cabeza hacia los hombres armados, que seguían nerviosos, con los ojos revoloteando de Kestler a los demás.

“Bueno, están crudos, Salomón. A diferencia de ti mismo. Un activista experimentado”. Se rio de su broma. “Dile a tus socios que se sirvan un trago en el salón mientras tú y yo hablamos de negocios en mi oficina”.

“Me suena bien”, dijo Pete, enfundando su arma.

Notch no hizo lo mismo. Se puso de pie, mirando a los pistoleros. Un tirón amistoso en el hombro de su compañero finalmente hizo que Notch se girara y se alejara pisando fuerte hacia el salón.

“Está nervioso”, señaló Kestler, tomando a Salomón del codo y conduciéndolo hacia la entrada de la gran tienda.

“Han sido unos días difíciles, señor Kestler”.

Entraron. Salomón jadeó.

Un gran espacio se abrió ante él, el techo tan alto que podría colocarse dentro de una casa de dos pisos. Había pasillos llenos de todos los equipos imaginables, desde simples martillos y clavos hasta arados completos con arnés. Cada espacio parecía estar lleno. Sacos llenos de grano. Grandes rollos de tela. Ropa. Botas. Sombreros. Y armas, por supuesto. Muchas armas. Sobre todo, olía saludable, el aire rico en madera dulce y sazonada, un olor diseñado para alentar al cliente a quedarse, navegar y comprar.

Salomón silbó entre dientes. “Querido Dios, Sr. Kestler, esta es una excelente tienda”.

“Es lo que se conoce como supermercado, Salomón. Tuve la idea después de visitar la ciudad de Nueva York hace unos meses. ¿Te gusta?”

Salomón sacudió la cabeza con asombro, haciendo piruetas para asimilar todo. "Es increíble. Pero, ¿dónde están todos? La ciudad parece casi desierta, así que, ¿cómo vas a hacer que esto sea un éxito si nadie viene?"

"Ah, Salomón", Kestler puso una gran mano en el hombro de Salomón. "Es de noche, la gente se ha ido a casa. Mañana volverá a estar animado. Y, por supuesto, ahora que el ferrocarril está aquí, pronto todo este pueblo tomará el aspecto de una ciudad. Ya se están realizando obras cerca de la estación de tren. ¿Podrías haberlo visto?"

Salomón frunció el ceño, pensando, pero no recordaba haber visto ninguna obra de ese tipo. Por otra parte, no estaba particularmente observando. "No, lo siento, no puedo decir que lo hice".

"Bueno, no te preocupes." Kestler atravesó el pasillo principal hacia un amplio mostrador detrás del cual un hombre con gafas, chaleco y mangas arremangadas contaba dinero de una caja registradora. No levantó la vista cuando los demás se acercaron y Salomón notó que los labios del hombre se movían mientras contaba en silencio el dinero en efectivo.

"Este es Doc Haynes. Es mi cajero jefe. Un hombre que conoce cada centímetro de este establecimiento". Kestler se dio la vuelta para enfrentar a Salomón y se reclinó contra el mostrador.

"Entonces, mi amigo. ¿Lo conseguiste?"

El momento que Salomón había temido durante todo el viaje a Lawrenceville había llegado. Tragó con cierta dificultad, extendió las manos, forzó una sonrisa patética. "Tuvimos un problema".

"Ah", Kestler, asintiendo con la cabeza, se volvió de reojo hacia Haynes. "¿Un problema?"

¿El cajero dejó de contar, aunque solo fuera por un segundo? Salomón se tensó. La atmósfera estaba cambiando. Desapareció la calidez amistosa del interior, reemplazada ahora por un escalofrío helado. “Si. La casa en la que irrumpimos, de la que nos hablaste... Lo que no nos dijiste fue que el dueño era Reuben Cole”.

“Ah. Reuben. Tiene algo de reputación”.

“Fue Notch quien lo reconoció. Dijo que era un antiguo explorador indio del ejército. Duros como vienen. Un asesino”.

“Sí, entiendo”. Respiró hondo. “¿Así que lo mataste?”

“Lo hice pedazos a patadas. Le disparó al pobre viejo Peebie en la cabeza”.

“Sí, pero ¿lo *mataste?*”

El cajero dejó de contar por completo. Salomón esperó, tratando de estabilizarse mientras el corazón le subía a la garganta. “Eso creo”.

“Bueno, entonces”, Kestler juntó las manos. “No tenemos más necesidad de preocuparnos, ¿verdad?” Una vez más, una mirada rápida hacia Haynes, que ahora estaba de pie, con la cabeza gacha y las palmas de las manos sobre el mostrador. “¿Y los artículos, Salo? ¿Conseguiste adquirir los artículos?”

“Los tengo todos, atados con los caballos. Excepto por los jarrones. Los grandes azules”.

Una ceja arqueada. Un ligero drenaje del color de los labios. “¿Oh?”

“Si. Pete, en cierto modo entró en pánico...”

“¿Entró en pánico?”

“Sí, con Cole entrando y todo, disparando a Peebie de la forma en que lo hizo. El pobre Pete se puso un poco nervioso, los golpeó y los rompió”.

"¿Los rompió?"

Salomón asintió y miró a Haynes, cuya cabeza se había levantado, los ojos llenos de una mirada asesina. Salomón dio un paso atrás involuntario. "Señor Kestler, fue un accidente. Tenemos todo lo demás".

"¿La pintura?"

"Sí, lo tengo. No hay problema. Figuras también, cosas bonitas. Y platos de servir, según sus órdenes. Plata sólida. Tazón de sopa. Gran cosa, con un cucharón. Todo en plata maciza. Francés, creo que usted dijo.

"Sí. Muchas cosas francesas. El padre de Cole era algo así como un coleccionista".

"Entonces, por lo que supongo, ¿conoces a Cole?"

"Nunca conocí al hijo, pero me había encontrado con el padre en numerosas ocasiones. Antes de su prematura muerte, por supuesto". Cuando las comisuras de su boca se volvieron hacia abajo, Kestler adoptó el comportamiento de un hombre profundamente decepcionado. Suspiró largo y fuerte. "Pero me entristece, Salomón, lo que me has dicho. Pensé que podía confiar en ti".

"*Puede*, señor Kestler. Usted puede".

"Mmm... Bueno, no estoy feliz. Esos jarrones valían mucho dinero. Tenía clientes alineados, desde París, Francia".

Salomón se quedó boquiabierto ante eso. "¿Ah, de verdad?"

"Sí, *en serio*. Tengo una reputación que mantener, Salomón. Necesito hombres de los que pueda depender".

"Sobre quién..." La voz de Salomón se desvaneció. "Señor Kestler, esto fue un error. Lo siento, no volverá a suceder".

"Deshazte de este tipo Pete".

Era Haynes, su voz como un bloque de hielo perforando el aire pesado. Salomón se volvió hacia él, con los ojos desorbitados y el estómago revuelto. "¿Deshacerse de él? ¿Qué significa eso exactamente?"

"Significa", dijo Kestler, cruzando los brazos, luciendo presumido, "que no podemos permitirnos el lujo de tener idiotas trabajando para nosotros, Salomón. Tu elección de cómplices no fue buena. Debes examinarlos de manera más circunspecta. ¿Entiendes?"

Salomón no lo hizo. El hombre estaba hablando de una manera elegante y rebuscada y no podía entender ni el final de sus palabras. Pasó un dedo por debajo del cuello de su camisa mugrienta e incrustada de sudor. "Yo, este... No creo que lo haga, señor Kestler. ¿Qué significa circuns...? Este... ¿Circunspecta?"

"Tienes que tener más cuidado con quién viaja contigo", dijo Haynes, sin parpadear y con la mirada capaz de congelar los huesos hasta la médula. "Así que deshazte de él".

"El otro también. El nervioso".

"¿Notch? Pero no puedo..." Salomón infló el pecho. No estaba acostumbrado a que nadie le hablara de esta manera, no estaba a punto de ser empujado a hacer algo que no quería hacer. Su mano cayó cerca de su arma. "Está bien, Sr. Kestler, cometimos algunos errores y lo siento. Entonces, si nos va a pagar lo que nos debe, estaremos en camino".

"¿En tu camino?" Kestler se rio entre dientes. "Salomón, trabajas para mí. No puedes simplemente irte".

"Y no puedo simplemente" deshacerme de mis chicos. Así que págueme el dinero que se nos debe y terminamos con eso".

"No", dijo Haynes.

"¿Qué dijiste?"

"Él dijo que no, Salomón. Tengo un negocio que dirigir y tú eres parte de él. Ahora, haz lo que se te diga o no recibirás ni un centavo".

"Deshazte de ellos", dijo Haynes y agregó, con deliberada lentitud, "entonces todo el pago será tuyo".

Pasándose una mano por un rostro empapado de sudor, Salomón vio instantáneamente el atractivo de tal propuesta. "Conozco a Notch desde hace años", farfulló, presionando una mano temblorosa contra su boca. "Él es mi amigo".

Los otros dos hombres se quedaron mirando. Ninguno habló.

Un millar de pensamientos contradictorios rugían dentro de su cabeza y, con cada momento que pasaba, los niveles de estrés aumentaban. Se quitó el pañuelo y se secó la frente, inhalando el aliento a través de las mejillas hinchadas. Te odio, Kestler. ¿Me escuchas? Deberías haberme hablado de Cole y de quién era".

"Solo hazlo", dijo Haynes, mirando el dinero. "Con menos dramatismo".

"¿Quién es usted, señor?"

Sacudiendo la cabeza, Haynes volvió a contar los montones de billetes y monedas de un dólar.

La conversación había terminado.

CAPÍTULO CATORCE

Roose y Stone, acurrucados entre un revoltijo de rocas irregulares, hicieron todo lo posible por mantenerse cómodos, sabiendo que bien podrían estar allí por algún tiempo. La sombra era mínima, un hecho que Roose no pasó por alto. "Siempre tuve un sombrero de ala ancha cuando viajaba con el Ejército", dijo, reajustándose su propio sombrero, un Stetson maltrecho.

Stone, con la cabeza descubierta, se quitó el pañuelo y fabricó una especie de gorra que se colocó en la parte superior del cráneo. "Estúpido. Debería haber traído algo".

"Ya es demasiado tarde", dijo Roose, empujándose contra una gran roca para tener una buena vista de la ciudad de abajo. Tomó sus prismáticos y se centró en la calle principal. Había pocas personas, uno de los dos carromatos avanzaba lentamente, pero no había señales de los ladrones.

"¿Cuánto tiempo crees que deberíamos esperar?"

"Me gana", dijo Roose, bajando los vasos. "Unas pocas horas como mínimo. Si mi suposición es correcta, están allí haciendo algún tipo de trato después de entregar los bienes robados".

"Sí, pero ¿a quién?"

Otro encogimiento de hombros. "No estoy seguro de que importe, pero supongo que a Kestler".

"Sí, el que mencionaste. Él dirige la ciudad, eso dijiste".

"Lo hace, pero nunca he oído hablar de él haciendo algo ilegal".

"Siempre hay una primera vez".

Roose miró a su joven socio y se rio entre dientes. "Que hay. Aprendes rápido, hijo. Es ventajoso para un representante de la ley meterse en la cabeza de aquellos a los que persigue y eso es lo que estás haciendo".

¿Es eso lo que hiciste cuando cazaste Comanches? ¿Entrar en sus cabezas?

Roose se volvió. "Los Comanches son diferentes. No piensan como los blancos. Eso es lo que los hace tan peligrosos". Sus ojos se nublaron mientras miraba hacia atrás a una época impregnada de brutalidad y muerte. "Es un pueblo noble y orgulloso, pero si te cruzas en su camino no descansarán hasta que estés bajo su cuchillo. No dan cuartel y no esperan nada".

Finalmente satisfecho con su gorra protectora, Stone aprovechó la oportunidad para sentarse y mirar el municipio de Lawrenceville. "Debieron haber sido tiempos peligrosos en ese entonces".

"Los tiempos siempre son peligrosos, hijo, si no te mantienes alerta", le dio unas palmaditas a la New Model Police en su funda, "y por siempre tendrás a tu mejor amigo cerca".

Stone asintió con la cabeza y se acomodó entre las rocas. Cerró los ojos.

"Si puedes dormir, hazlo", dijo Roose. "Te despertaré si pasa algo".

. . .

Como no poseía un reloj de ninguna descripción, Roose tuvo que confiar en sus habilidades ancestrales para calcular la hora por el paso del sol. Satisfecho de haber esperado más de tres horas y con la noche apurada, Roose despertó a su joven compañero con un fuerte golpe en las costillas con la bota. Stone gritó, agitando los brazos y se sentó, desorientado. "¿Qué? ¿Qué es?"

"Es tarde y no hay señales de nadie. He estado mirando y mirando, pero no hay nada".

Stone estiró las extremidades y se puso de pie, vacilante. "Es casi de noche. Debería haberme despertado antes, señor Roose".

"El día avanza, sí, pero dormías como un bebé". Le dio a Lawrenceville una última mirada a través de los prismáticos y luego los guardó en su estuche de cuero. "Voy a ir allá abajo".

"¿Qué, va a meterse en el pueblo?"

Roose gruñó antes de comprobar su revólver. "Entraremos bien y despacio, pero desde el otro lado. Es un enfoque más fácil, dado que no necesitaremos llevar a nuestros caballos por una ruta descendente tan traicionera. Echen un vistazo".

Stone estiró el cuello para contemplar el camino tortuoso y lleno de baches que serpenteaba hacia la ciudad. Dado su pronunciado ángulo de descenso, de hecho parecía peligroso.

Se alejaron, Roose a la cabeza. Habiendo cubierto casi las tres cuartas partes de la distancia entre el mirador de la cima de la colina y la entrada este de la ciudad, Roose detuvo su caballo bruscamente con la mano derecha levantada. "Desmonten", dijo, la voz volviendo al tono de autoridad que le sirvió tan bien en sus días en el ejército. Sin esperar a su compañero más joven, se dejó caer de la silla, corrió hacia un grupo de salvia y se arrodilló. Stone lo siguió en silencio, algo que no pasó desapercibido. "Bien", reconoció Roose y levantó sus prismáticos. Los dirigió hacia la pradera abierta y aspiró aire a través de los dientes. "Dispara", dijo y le pasó los prismáticos a Stone.

Había jinetes, moviéndose a un ritmo pausado, el hombre a la cabeza del grupo se distinguía por una reluciente camisa blanca. Junto a él, un caballo atado al suyo, con el jinete esposado, desnudo hasta la cintura; se trataba de Nelson Samuels.

"Oh no, capturaron al Sr. Samuels".

Roose retiró las gafas y volvió a mirar. "Está bien, al menos está vivo. Deben llevarlo a la ciudad, tal vez para interrogarlo".

"¿Interrogarle? ¿Acerca de qué?"

"Quién es, por qué está aquí afuera solo, por qué lleva un rifle que puede dejarte boquiabierto a mil metros". Metió los prismáticos en su estuche de cuero y cerró la tapa. "Cualquier cosa que pregunten, obtendrán sus respuestas y Nelson les dirá todo lo que quieran saber".

"Usted no puede saber eso, señor Roose".

"Por el aspecto de esa banda, hijo, diría que está bastante claro quiénes son: el grupo de Comanches que recientemente se escapó de la reserva".

"¿Pero por qué vienen aquí?"

"Por la misma razón por la vinieron los que irrumpieron en la casa de Cole: para cobrar".

"¿Por Kestler?"

Gruñendo, Roose volvió a su caballo. "Hijo, voy a bajar allí. Tal vez pueda averiguar qué está pasando, negociar con ellos".

"Señor Roose", dijo Stone, con la voz a punto de romperse, frenético por la preocupación. "Si lo que sospecha es cierto, esos hombres no querrán negociar nada con usted".

“Sí, lo harán porque vas a volver al telégrafo en busca de ayuda. Hay un destacamento de caballería estadounidense en Carson City. Envía un mensaje a un hombre llamado Willets. Capitán Willets. Serví con su tío, Sean Willets, así que si mencionas mi nombre, responderá más rápido”. Se volvió con los ojos encendidos. Le dices que envíe una tropa a Lawrenceville, ¿me oye? Y les dices que lleguen *rápido*”.

“Tal vez debería ir directamente con el señor Cole. Él sabrá qué hacer”.

Cole está convaleciente. No lo molestes con nada de esto”.

“Pero el señor Cole es...”

Sin previo aviso, la mano de Roose se disparó y agarró al joven por la pechera de su camisa. “¡Haz lo que bien te he dicho! ¿Me oyes?”

Stone, rígido por la sorpresa y el miedo, los ojos saltones, el sudor brotaba de su frente, asintió rápidamente con la cabeza.

Roose lo dejó ir y se subió a la silla. “No era mi intención asustarte hijo, pero esto es algo que debo hacer por mi cuenta. Ahora sal de aquí, mantén la cabeza baja y no te detengas por nadie. ¿Tú me entiendes?”

“Sí, señor”, dijo Stone, juntando los talones, la mano derecha saltando contra su cabeza en una imitación lo más cercana a un saludo que pudo hacer.

Roose alejó a su caballo a trompicones, con la espalda erguida y la determinación evidente en cada parte de su cuerpo.

Stone observó y se preguntó si la vida volvería a ser la misma.

CAPÍTULO QUINCE

Fue Pete quien primero reaccionó cuando Salomón entró por las puertas batientes. Le dio un codazo a Notch, que estaba sentado distraídamente repartiendo cartas para un juego de solitario. "Ha vuelto", dijo.

Notch frunció el ceño a Salomón cuando su amigo se acercó a su mesa. "¿Y bien? ¿Qué dijo él?"

"No está contento", dijo Salomón, arrastrando una silla de debajo de una mesa adyacente y sentándose junto a Notch. "No está feliz en lo absoluto".

"¿Pero nos pagó?"

"Aún no. Quiere comprobar lo que hemos conseguido".

Dejando sus cartas sin usar, Notch permitió que sus ojos se alejaran de Salomón para posarse en los pistoleros que se apoyaban sobre la barra. "Seguro que parece tener bastantes hombres, ¿no? Tal vez esté esperando algún tipo de problema. No me gusta esto, no me gusta en absoluto. ¿Crees que está decidido a traicionarnos?"

Gruñendo, Salomón se cruzó de brazos. “Necesitamos hablar. Hay algunas complicaciones”.

“¿Oh? ¿Cómo cuáles?”

“Como por ejemplo, tenemos que salir y hablar”. Echó un vistazo a la barra. “Nada al alcance del oído”.

“¿Tienes un plan?” preguntó Pete, inclinándose hacia adelante. Su rostro delgado y hambriento estaba manchado de suciedad y sudor. Salomón resopló y se alejó. “Sí, sé que apesto”, se enfurruñó Pete, captando la reacción de Salomón. “¿Pensaste que íbamos a darnos un baño?”

“Más tarde. Hablaremos primero”. Salomón se puso de pie y reajustó sus pantalones caídos.

“Hagámoslo rápido”, dijo Notch, “porque yo también necesito un baño”.

Cruzando hacia el bar, Salomón le preguntó al barman si había una entrada trasera. Desconcertado, el hombre señaló a regañadientes una puerta al pie de la gran escalera curva que conducía a las habitaciones del piso superior. El rellano, que conducía a una serie de habitaciones cerradas, estaba sostenido por postes de madera maciza con mesas vacías en el medio. “Este no es el lugar más popular, ¿verdad?”, Comentó Salomón. El tabernero lo ignoró. Al dar las gracias, Salomón captó el ceño fruncido de los pistoleros y les guiñó un ojo. Haciendo un gesto para que sus compañeros lo siguieran, atravesó la puerta.

El sol ya estaba descendiendo rápidamente y el aire ya se llenaba con el sonido de los insectos cuando Salomón empujó la puerta y entró en un patio de paredes altas, lleno de barriles y cajones de roble. Vio como Notch y Pete se unieron a él.

“Cierra la puerta”, dijo.

Fue Pete quien lo hizo, dándole la espalda por un momento.

El único momento que necesitaba Salomón.

Sacó el cuchillo Bowie de hoja pesada de su vaina colocada en la parte baja de la espalda y lo hundió directamente en el estómago de Notch, cortando hacia arriba hasta el esternón. Notch, tan sorprendido que no tuvo tiempo de gritar, se quedó allí, mirando la hoja con incredulidad. Pasando por delante de él, Salomón golpeó a Pete en la mandíbula con su revólver y lo estrelló contra la puerta. Gruñendo, con la boca entreabierta y llena de dientes astillados y sangre espumosa, Pete hizo todo lo posible por permanecer de pie, agarrando su arma. La rodilla de Salomón se estrelló contra su ingle y Pete se dobló y se arrugó, chillando.

Ahora de rodillas, tratando de sacar el cuchillo, Notch gemía como una cabra. Salomón se acercó al frente de su víctima, puso una mano alrededor del mango del cuchillo y una bota contra el pecho de Notch y tiró hacia atrás con todas sus fuerzas. La hoja salió, haciendo un repugnante sonido chirriante y de succión mientras se soltaba.

"¿Por qué?", Siseó Notch antes de que Salomón le metiera la hoja en la garganta y lo rematara.

Retorciéndose en el suelo, estaba claro que Pete no iría a ninguna parte, por lo que Salomón se tomó su tiempo, se montó a horcajadas sobre él y apuñaló a su excompañero repetidamente hasta que no se movió más.

Salomón se puso de pie, con las manos y la pechera salpicada de sangre. Estaba temblando, pero al menos estaba hecho. Él había cumplido su parte del trato, ahora Kestler debía honrar la suya.

Pero primero, necesitaba ese baño.

"¿Qué pasa ahora?"

Al escuchar el grupo de botas de vaquero que se acercaban sobre el entarimado, Kestler, sentado a la mesa y a punto de comerse un plato de bistec y huevos, bajó la cabeza con desesperación.

"Jefe", llamó uno de sus hombres, entrando en la habitación a la carrera.

"¿Qué quieres, Bart? ¿Eso no puede esperar?"

"En realidad no", dijo Bart Owens, acercándose a la mesa. "Lo siento, señor Kestler. De verdad".

"Bueno, adelante con lo que tienes".

"Son esos indios a los que contrató". Kestler miró hacia arriba, despertado el interés. "Están afuera, caballos cargados con sacos y todo".

"Bueno, eso es una buena noticia. "Ya era hora de que tuviera buenas noticias".

"Tienen a alguien con ellos. Dijeron que le interesaría".

"¿De quién se trata?"

"Me gana". Forzó una sonrisa. "Yo, este... Creo que a ellos les gustaría que fuera a echar un vistazo, jefe".

Echando la silla hacia atrás con tanta fuerza que se volcó y se estrelló contra el suelo, Kestler se puso de pie. "Parece que será mejor que vaya directo a eso, entonces".

"Jefe, lo siento, si hubiera..."

"¡Ah, cállate, Bart!"

Kestler lo empujó, echando humo.

Afuera, la noche gris acerada daba un aspecto inquietante a los jinetes que esperaban en la calle. Desprovistos de todo color, era difícil distinguir sus rasgos. Kestler, sin embargo, reconoció a su líder casi de inmediato, su camisa blanca actuando como una forma de foco, atrayendo su atención. A su lado había un extraño, a diferencia de los otros jinetes, con la cabeza gacha, las manos atadas a la espalda, desnudo excepto por un trozo de material endeble y sucio que ocultaba sus regiones inferiores. El hombre era un desastre sangriento.

"Buenas noches, señor Kestler".

Buenas noches Brody. Dijo Kestler, reconociendo al jinete de la camisa blanca. Bajó a la calle, se acercó al caballo de Brody y le acarició el morro. Señaló con la cabeza al extraño semi desnudo, que parecía atontado. "¿Quién es éste?"

"Bueno", Brody levantó la pierna izquierda y la cruzó sobre la derecha, "lo encontramos en el campo cuando veníamos aquí. Algo sobre él..." Chasqueando los dedos, negó con la cabeza. "Él mismo tenía un rifle grande. Se veía sabroso. Cuando le pregunté al respecto, se volvió muy cauteloso. No quiso responder, dijo que tenía que volver a casa en Freedom".

"¿Freedom? Ese es el pueblo al que te envié para que entraras en esas casas".

"Exactamente, señor Kestler. Por lo tanto, decidimos maltratarlo un poco para que nos dijera exactamente quién es y qué está haciendo tan lejos de casa".

Kestler se acercó al extraño y lo miró. No era un hombre joven, pero su cuerpo blanco como un lirio estaba bien musculoso, como si se cuidara bien. "¿Cuál es su nombre?"

"Se llama a sí mismo Nelson Samuels. Por supuesto, no lo soltó de inmediato". Brody se rio. "Tuvimos que arrancárselo". Este comentario trajo gran diversión a los otros jinetes.

"No conozco ese nombre".

"Luego nos dijo que era parte de un equipo que seguía la pista de los hombres que irrumpieron en la casa de Reuben Cole y robaron algunas de sus mejores mercancías".

"Ese sería el intento de Salomón de cumplir mis órdenes". Kestler se acercó a uno de los otros jinetes y palpó uno de los muchos sacos que colgaban sobre la grupa del caballo. "A diferencia de ustedes, la empresa de Salomón fue un desastre", dijo Kestler en tono satisfecho. Brody había sido el verdadero negocio. Un hombre que cumplió con lo que le ordenaron, que obtuvo resultados. "¿Te dijo dónde están los otros perseguidores?"

"Nos dijo que estaban cerca, llegando a la ciudad, seguían el rastro de la pandilla. Que el líder, un hombre llamado Roose, estaba decidido a matar al conocido como Salomón. Quizás incluso a usted, señor Kestler".

Ante esto, Bart Owens se aclaró la garganta, "¿Quizás deberíamos preparar un comité de bienvenida?"

Asintiendo, Kestler juntó las manos. "Muy bien, tomen a éste", señaló con los dedos a Samuels, "y pónganlo en uno de los establos de la caballeriza. Cuando venga su amigo Roose, los volveremos a presentar".

"¿Después de divertirnos un poco?" Preguntó uno de los otros jinetes, un hombre corpulento, envejecido, canoso, con una profunda cicatriz en el lado izquierdo de su cara.

"¿Divertirse?" Kestler arqueó una ceja hacia Owens. "Solo encárgate de poner a este hombre en la caballeriza. Nos preocuparemos por Roose cuando aparezca".

"Creo que podríamos tenderle una emboscada a Roose antes de que llegue a la ciudad", dijo Brody. "Si está decidido a matar tanto a Salomón como a usted, sería mejor hacer como lo que dice su hombre y detenerlo antes de que se acerque demasiado".

"Especialmente si tiene uno de esos rifles Sharps", agregó el hombre de la cicatriz en la cara. "Con uno de esos, podría dispararle desde lejos".

"Sí, está bien", dijo Kestler, torciendo su boca en algo parecido a una sonrisa. "Mientras tanto, quiero que lleven todos los bienes que obtuvieron dentro de mi tienda mercantil. Doc Haynes los revisará y luego les pagará".

Desde el otro lado de la calle, medio escondido detrás de la pared lateral de una carpintería, Salomón vio a los indios medio arrastrando a un hombre desnudo hacia las caballerizas. Otros estaban descargando sus caballos, junto con las bolsas que cubrían los caballos de Salomón. Se debatió si debía o no acercarse y matarlos a tiros, pero el sentido común resultó vencedor en esta ocasión. Había demasiados. Y, a diferencia de Pete y Notch, estos hombres parecían duros y, por lo tanto, resultarían una propuesta mucho más peligrosa. Tendría que esperar el momento oportuno, pero con las bolsas de botín y bienes robados ahora dentro de la tienda, las esperanzas de recuperar el dinero por sus esfuerzos parecían cada vez más como un sueño lejano.

Desafortunadamente, mientras reflexionaba sobre sus opciones cada vez más escasas, la naturaleza de Salomón se afirmó. Sabía que se enfrentaría a hombres que eran tan violentos como él, pero la idea de extraer el dinero era tan poderosa, que lo impulsaba a seguir adelante y le exigía que hiciera todo lo posible para obtener lo que era suyo por derecho.

Los hombres reaparecieron del establo, no mucho más que sombras oscuras ahora mientras la noche continuaba conquistando la luz. Se reían el uno con el otro mientras se dirigían a la tienda mercantil. Al revisar su revólver, Salomón decidió actuar rápidamente. Primero interrogaría al hombre en el establo, averiguaría qué estaba pasando, luego iría a la tienda y mataría a quien se interpusiera en su camino. Se acabó el tiempo de las sutilezas. Llegó el momento de la acción.

Un rayo de luz atravesó la oscuridad y la atención de Salomón se centró en la entrada de la tienda mercantil. Los hombres entraron, el resplandor del interior era amistoso y acogedor. Él rio entre dientes. Él sería el invitado no invitado, el inesperado. Pero no uno que cualquier persona que esté dentro le daría la bienvenida. Fue a salir de su escondite, pero antes de que pudiera cruzar la calle, un movimiento a su derecha lo obligó a regresar rápidamente detrás del muro.

Una figura apareció entre las sombras y corrió hacia el establo. Mientras entrecerraba los ojos, tratando de concentrarse en quién podría ser, captó el sonido de un vestido cruzando el suelo.

Era una mujer.

CAPÍTULO DIECISÉIS

Había estado caminando durante algún tiempo, decidiendo no llevar su potro a las colinas, que es lo que hacía normalmente. Esta noche en particular, con las estrellas tan brillantes y el aire tan suave, quería pasear por las calles de lo que solía ser una ciudad amigable y agradable. Desde que Kestler y sus muchachos llegaron hace meses, golpearon al pobre Stefan Moss, el sheriff, y lo enviaron a empacar, todo había cambiado. Lawrenceville era ahora un lugar miserable para vivir. La gente cuando pudo se había mudado, pero recientemente los hombres de Kestler mantenían un control mucho más estricto sobre los movimientos de la gente. Las cosas empeoraron la fatídica noche en que Kestler se enamoró de ella, se acercó a ella en la calle y la invitó a cenar.

"Soy una mujer casada", dijo, y no es que esa fuera la única razón para rechazar sus insinuaciones. Kestler la disgustó. Y no solo su reputación. Tenía sobrepeso, bebía whisky, era un hombre arrogante y rencoroso, acostumbrado a salirse con la suya.

"Eres una joven dulce", le había dicho, balanceándose mientras hablaba, mucho peor por la bebida. Le acarició la mejilla. Ella se estremeció. "Ah, no seas así", había dicho, fingiendo estar herido.

"Tú me entretienes y yo te recompensaré generosamente. ¿Cuál es tu nombre, mi pequeña dulzura?"

"No soy nada suyo". Él sopló una frambuesa y ella miró hacia otro lado cuando una ráfaga de aliento a whisky la invadió. "Es Señora Childer, si debe saberlo".

Se rio entre dientes: "Me refiero al nombre de pila". Él trató de agarrarla, lo cual ella esquivó fácilmente. Casi se cae de bruces al perder el equilibrio.

"Vaya, eres una luchadora", dijo, apoyado contra la pared del salón de donde había salido para abordarla. "Me gusta eso".

Ella se apartó, pero solo había logrado dos pasos cuando él estaba de nuevo hacia ella, tirándola del brazo para mirarla. "Señora Childer, soy un hombre honorable", estaba moviendo el dedo frente a su rostro, "Por favor, hágame el favor de aceptar mi invitación a cenar".

"No".

De nuevo ella fue a darse la vuelta y de nuevo él la hizo girar por el brazo. "No volveré a preguntar tan cortésmente".

"Señor Kestler, estoy segura de que está acostumbrado a conseguir lo que sea que se proponga, pero no tengo ninguna intención de aceptar su invitación, ni nada más".

"¿Qué tal quinientos dólares?"

Ella paró. Todo se detuvo, excepto su boca que colgaba abierta como si fuera tirada hacia abajo por un cordón invisible.

Kestler se rio. "Eso llamó tu atención, ¿eh?" Él se acercó y le rodeó la cintura con el brazo. "Lo digo en serio. Ven a cenar y te daré quinientos dólares. Es un regalo, Señora Childer, no un pago si entiende lo que quiero decir".

Ella fue a golpearlo, pero fue un esfuerzo a medias y, a pesar de que estaba borracho, logró bloquear su golpe y agarró su muñeca. "No soy una puta", siseó.

"Nunca pensé que lo fueras. Pero supongo que quinientos aliviarán tu situación".

Aliviar su situación sin duda lo haría con quinientos dólares, pero ¿cómo sabía eso? De regreso a casa, con su rostro para siempre en sus manos, su esposo Stacey solía insultar a Dios, al mundo y a todas las personas en él, culpando a todos menos a sí mismo por el fracaso de su cosecha de frijoles. Él había puesto todo lo que tenían en la compra de las plántulas. Los plantó, los cuidó, las vigiló día y noche. Se habían marchitado y muerto. La gente del pueblo le había advertido sobre la mala elección de la tierra, cómo el riego era virtualmente imposible, cómo los dueños anteriores de su granja habían experimentado calamidades similares, primero con el trigo y luego con el maíz. Allí no crecía nada, decían todos. Stacey los ignoró, escarbó en el fertilizante, trabajó con todas las bondades que pudo. Todo por nada. Ahora esos frijoles, junto con todos sus ahorros, yacen en el polvo.

Así que quinientos dólares podrían darles un nuevo comienzo. Una oportunidad para irse, empezar de nuevo en un lugar más indulgente. Siempre había tenido la ambición de abrir una tienda que vendiera productos secos. Tal pago podría prepararla, ayudarla a comprar suficientes acciones y pagar el alquiler inicial.

Kestler, consciente de su vacilación, como el animal depredador que era, se abalanzó sobre ella. "Haré que sean setecientos cincuenta. Ven a cenar conmigo esta noche. ¿A las siete, digamos?"

Ella respiró hondo. Setecientos cincuenta dólares. No podía ganar eso en un año trabajando para el doctor O'Henry como su recepcionista. Ni siquiera dos años. Sería una tonta si rechazara esta oferta si solo fuera una cena. Sin embargo, sospechaba que por esa cantidad, Kestler exigiría mucho más. El pensamiento le revolvió el estómago.

"Escucha", dijo, como si le leyera la mente, "será solo la cena. Si algo se desarrolla, estará bien. Pero no estoy buscando que hagas nada que no quieras".

"¿Solo cenar?"

Él asintió con la cabeza, sonriendo. "Incluso te pagaré por adelantado". Se dio la vuelta un poco, tambaleándose por un momento antes de reunir sus fuerzas y sacar una billetera del interior de su abrigo. Extrajo un rollo de billetes de un dólar. Ella se quedó boquiabierta, nunca antes había visto un montón de dinero. Sin decir una palabra, sacó varios billetes y los puso en una de sus manos. "Aquí hay doscientos. Ven esta noche, te daré el saldo. Mi ama de llaves es una cocinera maravillosa".

Al mirar el dinero que tenía en la mano, sintió la repentina necesidad de pellizcarse. Esto no podría estar sucediendo. *¿Doscientos dólares?* ¿Así sin más?

"Si decides no venir", dijo, comenzando a alejarse inseguro con unas piernas que apenas parecían capaces de mantenerlo erguido, "lo entiendo muy bien. Pero quédate con el dinero". Llegó a los escalones del salón, se agarró a uno de los postes adyacentes y se dejó caer de espaldas. Ven a la tienda. Llevaremos un carrito a mi casa". Miró hacia arriba, con los ojos nublados. "Y su nombre, señora Childer. ¿Cuál es tu nombre?"

"Soy Amy", dijo mientras se alejaba, mareada, insegura de si su decisión había sido acertada, pero sabiendo que el atractivo de tanto dinero era demasiado poderoso para rechazarlo.

Sin embargo, después de su velada con él, sus pensamientos cambiarían.

Stacey estaba borracho cuando llegó a casa después de su supuesta cita para cenar. No notó su labio cortado, su corpiño desabrochado. Mientras se tambaleaba en la oscuridad, encontró el lavabo y se echó agua a la cara, sus ronquidos se hicieron más fuertes y agradeció a Dios que él no pudiera escuchar.

Todo había sucedido tan inesperadamente.

Kestler, de pie fuera de la tienda mercantil, bien vestido con un traje de mañana pulcramente planchado, con una cadena de reloj de oro estirada sobre su amplio estómago, la saludó con una cálida y abierta sonrisa. El fuerte olor a colonia invadió sus fosas nasales mientras se acercaba. Una maldita vista más aceptable que los vapores de whisky, se dijo a sí misma. Él tomó su mano, la besó de la mejor manera, abrió la puerta y le indicó que pasara.

El interior de la tienda era enorme, iluminado por numerosas lámparas de gas que desprendían un olor espeso y aceitoso y proyectaban sombras extrañas y retorcidas en las paredes y el techo. Dondequiera que mirara, podía elegir los diversos tipos de productos a la venta, desde martillos de garras hasta lavabos y todo lo demás. "Tiene un negocio exitoso, señor Kestler".

"De hecho sí", dijo, deslizando su brazo alrededor de ella y guiándola hasta el mostrador. Levantó la escotilla y abrió el camino a través de una puerta en la parte trasera para revelar una pequeña habitación, velas que emitían un brillo acogedor. Se colocó una mesa para dos, pero no había comida ni platos, solo esperaban cubiertos y servilletas. "He decidido que es mejor cenar aquí, en lugar de en mi casa. Mi ama de llaves llegará más tarde con nuestra cena".

Sonriendo, esperó hasta que él le acercó una silla. Sin duda, era un caballero, tan diferente de Stacey como podía imaginar. Stacey estaba toscamente tallado, sus manos grandes, callosas, su cuerpo tenso por los músculos de las muchas horas que trabajó en el campo. Pero su cerebro estaba confundido, la bebida lo volvía poco más que un tonto reflexivo hoy en día. Kestler, aunque claramente un bebedor, parecía mucho más en control de sí mismo. Exitoso y sofisticado.

“Eres muy atractiva, Amy”, dijo, sacando una botella de vino de un armario en la esquina. Vertió una generosa medida en un vaso delicadamente tallado. Ella sonrió, un poco tímida, apartando un mechón de cabello y levantó el vaso mientras él chocaba el suyo contra el de ella. Bebió, el vino sabía fresco, dulce y diferente a todo lo que había probado antes. “Me sorprende que su esposo la haya dejado salir tan tarde para conocer a un hombre extraño”.

“Stacey estaba dormido, como de costumbre”.

“Ah, sí. Pasa una gran parte de su tiempo durmiendo, por lo que he escuchado”.

A punto de tomar otro sorbo, hizo una pausa, con los ojos estudiándolo a través de los párpados encapuchados. Lentamente, bajó el vaso. “¿Qué más ha oído, señor Kestler?”

“Que estás sola. Infeliz. Un marido que no te presta atención no conduce a una relación satisfactoria”.

“¿Eso es correcto?” Ella se reclinó en su silla, el calor subiendo a su línea de la mandíbula. “Ha estado preguntando acerca mí, ¿es eso?”

“Estoy interesado en ti, Amy. Tan pronto como te vi por primera vez, me pasó algo”, se golpeó el pecho, “aquí, en mi corazón”.

“Bueno, todo eso es muy elogioso, Sr. Kestler, pero realmente no creo que pueda...”

Sin previo aviso, se inclinó sobre la mesa hacia ella, agarrándola por ambas muñecas con las manos. Tomada completamente por sorpresa, dio un chillido de sorpresa. La atrajo hacia él. “, solo te pido que me des una oportunidad. Por favor, podemos tener varias noches como esta, desarrollar nuestra amistad”.

Ella luchó por zafarse. “Señor Kestler, me está haciendo daño”.

Pero ella vio que había algo en sus ojos. Un cambio, todo su autocontrol desapareciendo con cada momento que pasaba. "No lo entiendes".

"Lo entiendo perfectamente", dijo, con la voz quebrada mientras trataba de liberarse de su agarre. Pero era sorprendentemente fuerte y luego, increíblemente, se inclinó sobre la mesa para plantarle un beso húmedo en la boca. Retorciéndose, se las arregló para girar la cabeza de modo que sus labios chocaron contra su mejilla.

"Puedo cuidar de ti", Kestler gritó, su rostro ahora muy cerca, las venas rotas en su nariz bulbosa parecían grandes a esta distancia. "Por favor, solo dame la oportunidad de mostrártelo. No puedo resistirme a ti, Amy. No puedo".

Haciendo acopio de todas sus fuerzas, por fin logró liberarse y se puso de pie de un salto. Gritando, se dispuso a correr, pero él estaba allí, moviéndose más rápido de lo que ella podría imaginar, agarrándola por la cintura, girándola, besándola de nuevo, esta vez con éxito.

Él estaba gimiendo y ella podía sentir su endurecimiento viril presionando contra ella. Liberándose los labios, le dio una fuerte bofetada en la cara. Jadeando, retrocedió, agarrándose la mejilla enrojecida rápidamente. "Perra", dijo.

Ella lo golpeó de nuevo, meciéndolo contra la mesa. Girándose, agarró la manija de la puerta. Él la atrapó, manos fuertes agarraron su brazo, haciéndola girar para enfrentarlo. Esta vez fue su turno de golpear, un contundente golpe de revés en su boca que hizo castañetear sus dientes. Sus piernas se doblaron debajo de ella, la fuerza se filtró de sus músculos, y otra bofetada en la dirección opuesta la envió al suelo.

Con la cabeza dando vueltas, solo tenía una vaga noción de dónde estaba o qué estaba sucediendo. Labios calientes, rasgados, presionados contra un pezón expuesto. Manos arañaron su vestido, su ropa interior. A través de una niebla arremolinada, lo vio buscando a tientas sus propios pantalones, el cinturón tirando, la bragueta abriéndose.

De algún lugar, ella reunió la fuerza suficiente para mover su pie con botas en su ingle. Gritó, se tambaleó hacia atrás y volvió a golpear la mesa. Acurrucado en una bola, las manos apretadas sobre su entrepierna, los ojos fuertemente cerrados, las lágrimas brotando, lloró como un bebé.

Rodando sobre sus rodillas, presionó el dorso de su mano contra su boca, sintió la sangre, se maldijo a sí misma por ser tan estúpida. Utilizando la manija de la puerta como apoyo, se puso de pie y lo miró retorciéndose en el suelo. "Te mataré si alguna vez vuelves a acercarte a mí", dijo y salió a la tienda.

Moviéndose como una borracha, bailó el vals por los pasillos, golpeando la exhibición ocasional, enviando pilas de ollas, sartenes, utensilios culinarios y vajilla al suelo. Sin preocuparse, continuó hasta la puerta principal y salió a la noche. El aire frío de la noche la golpeó casi con tanta fuerza como los golpes de Kestler, pero la revitalizó, le aclaró la cabeza. Se las arregló para llegar a su pequeño carro y, sin una sola pausa, movió las riendas sobre el lomo del potro y pronto se alejó en la noche, dejando a Kestler herido, el orgullo roto, solo en su habitación, para recuperarse.

Y ahora, aquí estaba ella. Los había visto llevar al extraño semidesnudo al establo. Esperando, ahora se acercó. Desde esa noche, Kestler no había intentado más avances, pero seguía furiosa por el dinero. Él se lo debía y, desde su punto de vista, ella tenía todo el derecho a quedárselo. Quizás esta era una forma de hacer algún tipo de reparación. Así que se arrastró hasta la puerta del establo y la abrió.

CAPÍTULO DIECISIETE

Las sombras eran largas cuando Roose llegó a la ciudad, paseando lentamente con su caballo por el medio de la calle principal. Las tiendas y almacenes de ambos lados ahora estaban cerrados al público, los últimos propietarios barriendo el polvo de las entradas de sus porches. Uno o dos miraron hacia arriba mientras pasaba, sus rostros enmarcados por las luces parpadeantes del interior de sus negocios. Roose, con los ojos al frente, se dirigió al único edificio que parecía abierto. El salón. Un letrero desportillado y descolorido en el frente llevaba el nombre "Lucky Nights", que le pareció algo divertido, dada la virtual ausencia de clientes.

Un hombre solitario estaba sentado en una mecedora junto a las puertas batientes. Llenó afanosamente una pipa de hueso mientras Roose desmontaba, ató su caballo, se quitó el polvo de la chaqueta y subió los escalones hacia el entarimado. El hombre miró hacia arriba. "Buenas", dijo con un acento lento y perezoso, colocó el tubo de la pipa entre los dientes, encendió una cerilla larga y la puso en el cuenco lleno.

Roose se inclinó el sombrero. "Estoy buscando un señor Kestler".

El hombre hizo una pausa para concentrarse en encender su pipa. Su rostro se ensombreció. "¿Y por qué sería eso, señor?"

"¿Está él adentro?" Roose fue a dar un paso adelante.

"Te hice una pregunta, muchacho".

Esta observación divirtió a Roose, ya que era considerablemente mayor que el fumador de pipa. "Todo lo que quiero hacer es hablar con él".

"Bueno, puedes esperar aquí mientras yo voy a echar un vistazo".

"Eres un poco susceptible, ¿no es así?"

"Solo hago mi trabajo, muchacho", dijo el hombre, desechando su pipa y poniéndose de pie.

Roose notó el tirante de revólver de la Armada en la cintura del hombre. "¿Y qué trabajo podría ser ese?" Sin esperar respuesta, se echó hacia atrás el abrigo y dejó al descubierto la insignia prendida en la solapa izquierda de su chaleco. "Esto de aquí es mío".

Frunciendo los labios, el fumador de pipa se volvió y atravesó las puertas sin decir una palabra más.

Roose esperó. Había poco ruido desde el interior, quizás porque era temprano, o quizás porque poca gente frecuentaba este establecimiento. Todo el pueblo tenía una tristeza al respecto, incluso los edificios parecían hoscos, poco interesantes. Apestaba con el aire de la descomposición y Roose dudaba que permaneciera habitada por mucho más tiempo y se desvaneciera, como tantas otras ciudades fronterizas del oeste. A medida que crecieron las grandes ciudades de San Francisco y Los Ángeles, murieron las numerosas ciudades que surgieron a lo largo de las líneas ferroviarias recién construidas para albergar a los muchos trabajadores. Los llamaron pueblos fantasmas. Mientras esperaba, Roose se preguntó cuántas almas habían llegado a esos lugares en busca de sueños y nuevos comienzos solo para que esas aspiraciones fueran aplastadas, pisoteadas en el polvo.

Dio un salto cuando las puertas dobles se abrieron. El fumador de pipa estaba en la puerta, pero ya no estaba solo. Un hombre corpulento ocupaba la mayor parte de la vista de Roose junto con varios otros hombres, de aspecto mezquino, todos ellos portando armas atadas, llenos de odio empujando al sheriff.

Manteniendo la calma, Roose inclinó levemente la cabeza. "Señor Kestler, ¿supongo?"

"Así es", dijo el grandullón, "pero me tiene en desventaja, señor. ¿Quién eres tú?" Llevaba una camisa bordada, las mangas arremangadas y una brillante película de sudor cubría su frente arrugada. La grasa alrededor de su boca declaró que acababa de comer.

"Mi nombre es Roose. Sterling Roose. Soy el sheriff de Freedom, un pequeño pueblo a unas ochenta millas al este de aquí, ando tras el rastro de varios bichos que irrumpieron y robaron algunos artefactos valiosos de la casa de mi amigo. Reuben Cole es el nombre de mi amigo. ¿Quizás ha oído hablar de él?"

Kestler dio la impresión de estar pensando por un momento. Metiendo la punta de su lengua entre sus labios, saboreó los restos de su cena antes de sacudir levemente la cabeza. "No puedo decir que sí".

"Bueno", Roose miró a su alrededor, notando que dos hombres más aparecían desde el costado del salón. Deben haber venido por la entrada trasera. Ambos lucían Winchesters, "La cosa es, Sr. Kestler, que seguí el rastro de esos hombres directamente a esta ciudad".

"Oh, ¿Usted los siguió hasta aquí?"

"Sí, lo hice. Tal vez usted podría dejarme echar un vistazo y descubrir cualquier señal de que todavía pudiesen estar por aquí".

"Ellos no están aquí".

"Oh". Los hombres detrás de él se estaban acercando. "¿Y cómo sabe eso, señor Kestler?"

"Porque sé todo en mi ciudad". Como si les hubieran dado una orden tácita, los demás pasaron junto a su jefe, desplegándose a ambos lados de él. Cuatro al frente, dos atrás. Roose sabía que las probabilidades estaban en su contra.

"Sí, por supuesto que sí. Así que tal vez usted podría decirme hacia dónde se dirigieron... Si se han ido de la ciudad, ¿me comprende?

El inconfundible sonido de las palancas de Winchester enganchando acompañó a la amplia sonrisa de Kestler. Roose dejó que sus hombros cayeran. Era poco lo que podía hacer a menos que hiciera que una pelea con su muerte segura fuera el resultado inevitable. Lentamente levantó las manos. Un pistolero alto y desgarbado se acercó a él y sacó la pistola de Roose.

"¿Estás usted por su cuenta?" preguntó Kestler mientras los demás se acercaban a Roose y lo tomaban de los brazos.

"Así es".

"¿Una persecución con solo uno en el grupo? No lo creo. Ya tenemos a uno de sus muchachos en el granero". Los ojos de Roose se abrieron a pesar de sus mejores esfuerzos por ocultar su sorpresa. "De manera que, estimo que hay más de ustedes".

"Bueno, no hay nadie más".

El primer puño estalló en las entrañas de Roose con la fuerza de una patada de mula, doblándolo. Jadeó y vomitó mientras colgaba del firme agarre de los hombres que lo sujetaban. "Sería prudente que nos dijera todo lo que sabe", dijo Kestler antes de asentir con la cabeza al desgarbado. Sonriendo, el pistolero alto golpeó a Roose en el estómago nuevamente con su izquierda, luego lo siguió con una cruz de derecha a la mandíbula que casi levanta a Roose de sus pies.

Colgado en los brazos de los hombres, Roose logró levantar la cabeza cuando Kestler se acercó. "¿Cuántos más de ustedes hay?" Todo lo que recibió fue un leve movimiento de cabeza. Kestler asintió de nuevo hacia el alto y desgarbado, "Agárralo un poco más, Bart". Bart Owens, que no necesitaba más estímulo, echó el puño hacia atrás en preparación para otro puñetazo. Antes de que pudiera dar el golpe, una voz salió de la oscuridad.

"Déjemelo a mí, señor Kestler".

Brody emergió de la oscuridad, su camisa blanca lo proyectaba en su propia aura particular. A su lado estaban sus hombres, nudosos, indios nativos envejecidos, ojos febriles, cuerpos tensos por la expectativa.

"Somos más que capaces", dijo Owens, incapaz de contener la ira en su voz.

"Lo matarás antes de que hable", dijo Brody.

"He conocido hombres como éste", dijo el de la cara cortada, estudiando a Roose intensamente. "Nunca hablan a menos que se aplique la presión adecuada".

"¿Y puedes dar esa presión?" preguntó Kestler.

"Yo puedo".

"Entonces hazlo. No me gusta la idea de que haya más escoria vagando por mi ciudad".

A regañadientes, Owens se apartó cuando los indios agarraron a Roose y lo arrastraron hacia la noche.

“Lo llevaremos a las afueras de la ciudad”, dijo Brody, luego agregó con una sonrisa, “para que nadie pueda escuchar sus gritos”.

CAPÍTULO DIECIOCHO

Desde lejos, Samuels escuchó algo. Podría haber sido el susurro de ratas, pero algo le dijo lo contrario. Se incorporó hasta sentarse, gruñendo y el dolor le atravesó las costillas. Lo habían golpeado de manera experta, aporreando sus costillas y tripas antes de desnudarlo, presionando el cuchillo de hoja ancha sobre su virilidad. "Solo tomará un segundo", dijo el de blanco, con esa sonrisa sádica como un rasgo permanente en su rostro. Usando el borde romo, levantó el miembro de Samuels. "Un movimiento rápido de esta hoja..." Se rio entre dientes. "Te dolerá, amigo mío. Dolerá mucho. Así que dime todo lo que sabes".

A los pocos minutos, Samuels había revelado todo. Que había dos hombres más en su grupo, que no quería participar más en esa cacería, que el plan de Roose era matarlos a todos, especialmente a los conocidos como Salomón y Kestler.

No dejó nada fuera, incluso le dijo al hombre de blanco que la casa de Reuben Cole había sido robada y que Cole, tan pronto como se recuperara de su ataque, estaría en el campo él mismo, persiguiéndolos a todos. Si algo le sucediera a Roose, la venganza de Cole sería terrible.

"Suena como todo un hombre", dijo el hombre de blanco, devolviendo su cuchillo a la vaina en su cintura.

"Él es. Es un luchador indio de los viejos tiempos".

El hombre de blanco miró a sus compañeros. "¿Ustedes han oído hablar de él?"

Dos de ellos asintieron con la cabeza, un hombre alto y corpulento con una cicatriz profunda que le recorría el costado de la cara, habló en voz baja y preocupada: "Nos es bien conocido. De los viejos tiempos. Él rastreó a nuestros padres, puso a muchos de ellos en el suelo. Mi pueblo lo llama "El que viene". Nada puede detenerlo, Brody".

"Está bien". Brody se puso de pie. "Kestler necesita escuchar esto. Llevaremos a este a la ciudad".

Y así lo hicieron y ahora, sentado en la oscuridad del establo, con el espeso olor a heno húmedo en sus fosas nasales, Samuels contuvo la respiración, esforzándose por escuchar de nuevo el correr de las ratas. La carrera cuando llegó, sin embargo, no fue la de una rata.

Una figura se puso en cuclillas frente a él.

"Vi a esos hombres, cuando lo trajeron a usted hasta aquí".

Una mujer que parecía asustada. No podía distinguir sus rasgos en la oscuridad, pero algo le dijo que era amable. Joven. Una hoja brilló y ella estaba cortando las cuerdas que ataban sus muñecas. "Nos vamos de aquí", dijo en un susurro. "No sé quién es usted ni qué está haciendo aquí, pero cualquier enemigo de Kestler es amigo mío".

Samuels se frotó las muñecas y se puso de pie. Ella lo ayudó. Muy consciente de su desnudez, se apartó. "No puedo caminar así".

"Tengo mantas en mi pequeño coche. Mi casa está fuera de la ciudad y una vez que estemos allí, podemos decidir qué hacer".

"¿Qué hacer? No hay nada que podamos hacer".

"Oh, sí, la hay", dijo con los dientes apretados. "Podemos matarlo".

Amy Childer ayudó a Samuels a cojear a través de la lechada de heno y paja apestosos y podridos, mientras la variedad de olores fuertes los asaltaba desde todas las direcciones. Amy, tragando la bilis, se limpió el sudor de la frente y extendió una mano para abrir la puerta del establo.

Un hombre estaba allí, su impresionante volumen no era más que una gran forma negra que se avecinaba en la entrada, bloqueando su salida. Amy casi chilló y se tambaleó hacia atrás, Samuels gimió en su abrazo. ¿Cómo se las había arreglado Kestler para encontrarla, para seguirla en este momento exacto? ¿Era como ese mago que había visto en el teatro una vez? ¿Cómo se llamaba? ¿Un lector de mentes? ¿Hipnotizador? No podía recordar muy bien, recordando solo cómo Stacey se había reído tan fuerte. La última vez que lo había hecho, recordó. Quizás esta también sería su última vez. Su última vez por algo.

"Haría mejor en guardar silencio", dijo el hombre. No era la voz de Kestler, lo sabía. Se acercó y lanzó su puño izquierdo directamente a la cara de Samuel, derribándolo como un árbol. Levantó al herido con facilidad y lo echó sobre sus anchos hombros. "Quédate cerca".

"¿Pero quién es usted?"

"No te preocupes por eso", dijo. "Voy a sacarnos de este lío".

"Mi pequeño coche está más allá", dijo, señalando vagamente a su izquierda.

"No necesitaremos de su cochecito", dijo.

Ella se congeló ante sus palabras, tomándose un momento para encontrar el valor para decir: "¿Por qué no?"

"Porque", dijo, sacando su arma y soltando el martillo siniestramente, "vamos a visitar al señor Kestler y me va a recompensar generosamente por poner fin a su pequeño plan".

"Usted no puede. ¡Por el amor de Dios, no puede!"

Presionó el hocico contra su frente, "Oh, sí puedo, señorita. Necesito volver a sus buenos libros, y esta es la manera perfecta de hacerlo. Ahora, camine hacia adelante y diríjase directamente a su tienda. Un movimiento en falso y le pondré una bala en la columna vertebral".

"Usted es un miserable canalla".

El grandullón se rio entre dientes. "Me han llamado mucho peor, pequeña señorita, pero eso me vendrá bien. Ahora camine, estoy cansado y quiero acabar con esto".

Alguien estaba hablando cuando atravesaron las puertas de la tienda mercantil de Kestler. La voz sonaba estridente, las palabras pronunciadas con deliberada lentitud. "Necesito esas garantías, señor Lomax. Las necesito para mañana y así poder..." La voz se desvaneció cuando el orador, de pie detrás del mostrador, con el auricular apretado con fuerza contra el costado de su cabeza, vio a los intrusos y alcanzó algo escondido debajo. "Le devolveré la llamada, señor Lomax... ¡No, le volveré a llamar!" Volvió a colocar el auricular en su soporte y apuntó con el revólver que había sacado de su escondite hacia los tres personajes de aspecto extraño que avanzaban hacia él a través de la oscuridad de la tienda. "Todos ustedes, estense quietos ahí mismo", dijo.

"Me llamo Salomón", dijo la voz del hombretón que sostenía a otro por encima del hombro. "Estoy aquí para hablar con el Sr. Kestler".

"Sé quién es usted", dijo el hombre mientras se movía desde detrás del mostrador y entraba por la escotilla abierta, pistola en mano, ojos entrecerrados. "¿Qué es lo que quieres, Salomón?"

"Quiero hablar con el señor Kestler. Tengo algunas cosas que decirle, y estos dos aquí podrían darme algo de ventaja. Disgusté al Sr. Kestler, lo decepcioné con mis muchachos. Eran verdes, cometieron errores. No cometo errores y estos aquí son mi prueba". Gruñendo, puso su carga en el suelo.

"¿Quién es ella?"

Salomón levantó la cabeza, sintiendo que Amy temblaba a su lado. "Ella iba a ayudar a este a escapar. Dijo que quería que Kestler pagara por lo que hizo".

El hombre de la pistola estaba ahora cerca. Alto, bien vestido, estudió a Amy, recorriéndola con la mirada y frunciendo los labios. "Creo que usted tuvo una cita para cenar con nuestro amigo común. Señora Childer, ¿no es así?"

"Difícilmente un amigo, quienquiera que usted sea".

"Me llamo Haynes. Me llaman Doc Haynes, porque yo solía cuidar de los pies de la gente en San Francisco".

"¿Pies?" Salomón soltó, incapaz de guardarse la diversión para sí mismo. "Creía que ya lo había escuchado todo".

"El señor Kestler está en el salón de al lado", dijo Haynes, con la voz helada. "Mi consejo es que vayas y le cuentes lo que me dijiste mientras espero aquí y entretengo a esta pequeña dama".

Salomón vaciló, frotándose la cara con agitación, "Creo que esperaré".

"Estarás esperando mucho tiempo, amigo. Al señor Kestler le gusta su bebida. Será mejor que vayas y hables con él, antes de que llegue el momento en que cualquier cosa que le digas tenga muy poco sentido para él".

"Me llevaré a la dama".

El arma subió, "No, no lo harás. Ella estará bien aquí conmigo".

Pareció pasar una eternidad entre ellos antes de que Salomón cediera y dejara escapar un largo suspiro. Se dio la vuelta y se dirigió hacia la puerta. Cuando la abrió, Haynes hizo un solo disparo, la pesada bala golpeó a Salomón en lo alto del hombro, el impacto lo proyectó hacia la calle.

El cuerpo formó un ovillo pesado al aterrizar en la tierra. Amy gritó y Haynes la golpeó con fuerza en la cara, haciéndola caer de rodillas. "¿Por qué siempre soy yo quien tiene que arreglar los extremos de este pequeño y patético negocio?"

Con el sonido de los gemidos de Amy llenando la tienda, Haynes empujó a Samuels con la punta de su bota. Expulsó el cartucho gastado de su Remington y metió otro en el cilindro.

Las voces que se acercaban le hicieron mirar hacia arriba y de repente un grupo de hombres ruidosos y bien armados irrumpió por las puertas, encabezados por un Kestler tambaleante. "¿Qué es todo el tiroteo, Doc?"

"Hemos tenido una visita". Haynes asintió con la cabeza hacia Amy que aún estaba de rodillas, con la cabeza gacha. Parece que la señora Childer quería rescatar a su prisionero. Salomón los encontró y nos los trajo, esperando poder volver a su lista de buenos prospectos.

"Bueno, lo hizo por sus dos socios idiotas", murmuró Kestler, acercándose sin demasiada firmeza. "Pero aun así, no puedo confiar en él, no después de esto. ¿Dónde está?"

"Afuera. Lo envié de camino con una bala en la espalda. Haga que uno de los chicos acabe con él".

"¿Afuera?"

"Sí. En la calle. Es una sorpresa que no lo viera".

Preocupado, Kestler chasqueó los dedos: "Rogers, ve y echa un vistazo".

Rogers, masticando una pipa de hueso, murmuró algo inaudible y atravesó la puerta principal. No pasó mucho tiempo antes de que regresara. "No hay nadie allá afuera, Sr. Kestler".

Kestler giró bruscamente la cabeza hacia Doc Haynes, quien se apuró a través de todos.

Afuera, en la oscuridad, casi pudo distinguir la huella del lugar donde el pesado cuerpo de Salomón había golpeado el suelo.

Pero del propio Salomón, no había rastro.

CAPÍTULO DIECINUEVE

Kestler estaba sentado en su salón, girando un vaso medio lleno de whisky entre sus palmas, mirando a la desaliñada Amy Childer sentada frente a él. De pie junto a su hombro estaba Doc Haynes, dando golpecitos con el pie con impaciencia. "Iba a salir disparada antes de que Salomón la abordara. Habría cabalgado hasta El Paso, y advertido a las autoridades. No necesitamos a los agentes federales fisgoneando. No podemos permitirnos nada..."

"*¡Está bien, te escucho!*" Kestler se inclinó hacia delante y se echó el whisky por la garganta. A medida que el líquido ardiente se filtraba a través de sus entrañas, se fue calmando. "Te escucho. ¿Qué sugieres?"

Mátela, entierre el cuerpo en la pradera. Los coyotes se desharán de cualquier evidencia".

Amy se retorció en su silla, el único sonido que emanaba de su boca era un chillido ahogado. Su mandíbula y boca estaban hinchadas al doble de su tamaño normal, un hematoma de aspecto oscuro, de color púrpura profundo cubriendo la mitad inferior de su rostro.

"¿Y qué hacemos con el esposo?"

Ambos miraron a Bart Owens, parado allí, jugando con la pistola de Roose.

"¿Qué hay de él?" preguntó Haynes. "Por lo que he oído, es un borracho. Ni siquiera notará que ella se ha ido".

"¿Pero y si lo hace?"

Haynes y Kestler intercambiaron una mirada. "Mitch", dijo Kestler, "da un paseo hasta allí, asegúrate de que el señor Childer no le diga nada a nadie".

Inclinándose el sombrero, Mitch Rogers se guardó la pipa de hueso en el bolsillo del chaleco, se volvió y se fue sin decir una palabra.

"Señor Kestler", dijo Owens, que parecía incómodo, incapaz de mirar a Kestler a los ojos, "tengo que decir... Algunos de los chicos, están muy nerviosos con los Comanches en el lugar".

"Esos Comanches", intervino rápidamente Haynes, "nos han servido bien. He revisado todo lo que obtuvieron y asciende a una buena cantidad. Mis contactos en San Francisco nos asegurarán un buen retorno".

"Bart", dijo Kestler, poniéndose de pie con paso vacilante, "sé que has leído todas esas novelas de diez centavos sobre cómo los comanches vagaban por las llanuras, matando a hombres, mujeres y niños, pero esos días se han ido".

"Con el debido respeto, señor Kestler, ellos son viejos y son de los viejos tiempos. Son un grupo de salvajes asesinos como cualquiera de los que cabalgaron hace años".

"Ah, Bart, ¿te estás escuchando a ti mismo? Estamos viviendo en el mundo moderno en este momento. Esos días se han ido. No hay más salvajes incendiando casas y violando mujeres. Son civilizados". Se abrió camino entre las mesas y llegó a la barra, sin aliento, apretándose los ojos con el dedo y el pulgar. "Caramba, no me siento tan bien".

"Debería dejar el jugo", dijo Haynes.

"Es tarde", dijo Kestler, ignorando la burla de su compañero. "Me voy a la cama. Bart", se dio la vuelta para nivelar sus ojos turbios e inyectados en sangre en el pistolero alto y delgado. "Llévala a la pradera y acaba con ella, tal como sugiere Doc. Cuidado con los coyotes".

"Pero Brody y esos Comanches están ahí fuera".

"¡No me respondas, Owens!" Kestler respiró temblorosamente. "Solo haz lo que se te diga".

Haciendo un gesto, Owens agarró a Amy por el hombro a regañadientes y la ayudó a ponerse de pie y le clavó la pistola en la espalda. La empujó a través de las puertas batientes y ambos desaparecieron en la oscuridad de la madrugada.

Acamparon entre las rocas, el hombre de la cara cortada encendió un fuego alrededor del cual se reunieron. Roose, atado tan bien que apenas podía moverse, los observaba con atención. Brody, a cierta distancia, se quedó mirando al otro lado de la llanura. Si Roose lograba de alguna manera aflojar las correas de cuero que le ataban las muñecas y los tobillos, tal vez podría vencer a uno de ellos, tomar su arma y matar a Brody. El resto correría. Él estaba seguro de eso.

Tan seguro como estaba de que cualquier idea de escape era inútil.

Apoyó la cabeza contra las frías rocas. Estos hombres eran expertos. Había pocas posibilidades de que se aflojaran las ataduras. Lo había intentado sin éxito desde el momento en que uno de los indios aseguró sus extremidades. Nada dio resultado entonces, nada dio resultado ahora. Era inútil y se maldijo a sí mismo por no luchar en la ciudad. Es cierto que estaría muerto, pero se llevaría a algunos de esos malditos con él. Su situación ahora solo podría resultar en un resultado. Su cabeza cayó sobre su pecho, la desesperación lo envolvió. Si pudiera ver a Maddie una vez más, nada de esto parecería tan malo. Fue un tonto por dejarla. Un tonto por venir aquí en este loco recado. Un tonto por no esperar a que Cole se recuperara. Juntos, podrían haberlos puesto a todos en el suelo. El destino había trabajado en su contra, como siempre. Maldita sea esta situación desesperada y esta vida maldita.

Algo hizo que Stone se volviera y se sentara de su saco de dormir, con los sentidos alerta. Un movimiento en la oscuridad, el destello de ojos brillando como velas en la noche. Con extremo cuidado, tomó su revólver y soltó el martillo. Un coyote, quizás más de uno, rodeándolo. Debería haber hecho un fuego, pero el miedo a que lo vieran se lo impidió. Quizás eso fue un error.

Pasó la mano por el suelo, encontró una pequeña roca y se puso de pie, listo para abrir fuego si uno de los coyotes atacaba. Lanzó la piedra hacia los ojos. Un grito, seguido de la desesperada retirada del animal y una vez más, Stone estaba solo.

Soltando un largo suspiro, se relajó y fue a regresar a su cama improvisada cuando vio algo por el rabillo del ojo. Una luz, camino hacia el oeste. Esta vez no se producía de ningún animal. Moviéndose hacia un afloramiento de rocas, se lanzó a la cima y miró a través de la noche. Una fogata. Inconfundible. Quienquiera que fuera había revelado su posición, al igual que él había evitado hacerlo. Dio a una pequeña oración de agradecimiento. ¿Podría ser Roose, regresando de su reunión con Kestler? Sin forma de saberlo, todo lo que podía hacer era esperar. Sin embargo, algo indeseado se agitó en el interior. Un sentimiento, una sospecha de que quizás no era Roose. Quizás hombres, enviados por Kestler para localizar a Stone. Inquieto, se escabulló de regreso a su campamento y rápidamente se arremangó las mantas. Volvería a casa de Reuben Cole sin demora. Si fuera Roose, entonces todo sería bueno, pero si no... Apretando los dientes, trabajó febrilmente y pronto, con su caballo bien embalado, partió a paso constante a través de la pradera abierta, el amanecer acercándose en nada más que una mancha gris claro en el horizonte lejano.

Corteza de tocino y sémola chisporrotearon en una sartén ennegrecida, mientras Brody, estirando sus extremidades, instruyó a dos de sus compañeros para que llevaran a Roose hacia adelante.

"No tenemos mucho tiempo para jugar contigo, amigo mío", dijo Brody mientras los demás cortaban las ataduras de Roose y le sacaban la chaqueta y la camisa. Su cuerpo blanco como un lirio se estremeció a la fría luz de la mañana. Pronto, cuando saliera el sol, la temperatura también aumentaría. Su piel se ampollaría y ardería. Se puso de pie, flácido, derrotado, cuando le cortaron los pantalones y lo dejaron temblando, como un pavo desplumado, listo para la olla.

Lentamente, Brody sacó su Bowie de hoja ancha. Probó el borde con el pulgar y siseó. "¿Cuántos de ustedes estaban allí, amigo mío, cazándonos?"

Los ojos de Roose se alzaron, oscuros, desafiantes. Bien pudo haber aceptado su destino, pero estaba condenado si iba a decirle algo a este monstruo. Brody sonrió y asintió con la cabeza a sus hombres, que sostenían a Roose por los brazos y las piernas. Cuatro hombres, todos riendo como niños febriles y maliciosos, impacientes por que comenzara el deporte.

Brody se acercó, la hoja delante de su rostro. "Me lo dirás, como lo hizo tu amigo".

Roose quería gritar. Entonces, habrían superado a Stone. El juego se acabó.

"Entonces, ¿por qué no te ahorras un poco de dolor, eh? ¿O te gusta el dolor?" Roose murmuró algo, sacudiendo la cabeza una vez. "No claro que no. Pero este dolor, será como nada que hayas experimentado antes". Tomándose su tiempo, Brody colocó la hoja plana contra el estómago marchito de Roose y la bajó suavemente hacia su hombría. Continuó, todo el tiempo sus ojos se clavaron en los de Roose, cuyos dientes castañeteaban cuando el verdadero horror de lo que estaba a punto de suceder golpeaba a casa.

Girando la hoja, Brody apoyó la punta contra el recto de Roose.

"Te lo preguntaré una vez más, amigo mío. ¿Cuántos hombres vinieron contigo y dónde están ahora?"

Roose simplemente lo fulminó con la mirada.

Brody empujó y el grito que lo acompañaba resonó en la llanura más fuerte que cualquier trueno.

Plano sobre su amplio vientre, Salomón miró hacia abajo desde su posición ventajosa hacia donde Brody y sus hombres estaban dando los toques finales a su tortura de Sterling Roose. Dándose la vuelta, miró al cielo por un momento, se pasó una mano callosa por la cara y se sentó. Al otro lado de donde él estaba, Amy Childer estaba sentada con la espalda apoyada en un árbol ennegrecido, las lágrimas cortaban la mugre de su bonito rostro.

"Esto no va a terminar bien para nadie", dijo Salomón y se puso de pie. Se acercó a ella y se dejó caer al suelo. "Escucha, lo que hice al noquear a ese hijo de perra allá atrás, y rescatarte, significa que vendrán por mí, para matarme". Rodó su hombro e hizo una mueca. "Por suerte para mí, esa bala solo me afectó a mí. Dos veces me dispararon aquí, y dos veces la bala no se ha atascado. Eso no es nada inusual. Casi siempre he tenido suerte toda mi vida. Y ahora te conozco".

Sus ojos se levantaron. Había malevolencia en su mirada, determinación también. "Si cree que es mejor que esos espantosos hombres de Kestler, tiene que pensar en otra cosa, señor. Te agradezco por derribar a ese sinvergüenza de la forma en que lo hiciste, pero también sé que otro fue a matar a mi Stacey. Mi vida no tiene futuro ahora, así que es mejor que me mates y termines de una vez".

Él la miró boquiabierto. "¿Matarte? ¿Por qué querría hacer eso? No, no te voy a matar. Escucha, creo que si me llevas a tu casa, podemos escondernos allí un rato y luego haré mis planes".

"Usted no estará escondido en ningún lugar que tenga algo que ver conmigo, señor".

"Así que te dejé a la deriva, ¿es eso? Seguro que no aprecias mi amabilidad".

"¿Su amabilidad? Usted iba a entregarme a Kestler y dejarle hacer lo que quisiera hasta que se diera cuenta de que él no le honraría ningún trato. Ustedes son todos iguales: asesinos, estafadores y sinvergüenzas. ¡Todos ustedes!"

"Seguro que eres como un gato montés. Me gusta eso en una mujer".

Ella apartó la cabeza de golpe, lágrimas frescas caían por su rostro. "Dispáreme. Eso es lo único que quiero de usted".

"Bueno, no será lo único que obtendrás".

Ella lo miró horrorizada. "No. Por favor, se lo ruego..."

"No puedo imaginarte, mujer. En un minuto me estás rogando que te mate a tiros, lo siguiente es resistirte a mis avances. ¿Qué es lo que quieres exactamente?"

"Volver a casa. Enterrar a mi esposo, luego dejar este lugar olvidado de Dios de una vez por todas".

"¿Por tu cuenta? Señora, este puede ser el siglo XX y todo, pero por lo que acabo de presenciar, todavía hay muchas personas malas que deambulan por esta tierra. Mejor si vas a casa y me esperas".

"¿Esperar por usted?"

"¿Por qué no? Es una buena propuesta. Yo te cuidaré, te trataré bien..." Guiñó un ojo. "Y satisfacerte, te lo puedo garantizar".

"Piensa mucho en usted mismo, ¿no es así?"

"Señora, desde donde estoy sentado, no tiene mucha elección. Me encantaría compartir mi vida contigo, sentarme, tal vez construir un negocio. Kestler me ha dado algunas ideas en las que trabajar, por lo que todo esto podría funcionar bien al final".

Ella lo consideró durante mucho tiempo. "Está bien. Veo que usted es un hombre de talento, a diferencia de Stacey, que se emborracha todas las noches. La probabilidad es que esté muerto, de un disparo por ese fibroso de la pipa. Lo loco es que no podría importarme menos. Mi vida no ha ido a ninguna parte en los últimos años, tal vez necesito una nueva dirección".

"Te daré varias direcciones, te lo prometo".

Después de que ella le había proporcionado las direcciones básicas de su casa, se escabulló mientras él, comprobando sus armas, se colocó detrás de Brody y sus hombres, con cuidado de mantener la distancia, seguro de que volverían a la casa de Reuben Cole. Había finalizado su negocio con su prisionero. Tanto ellos como Salomón necesitaban a Cole muerto, porque significaba un montón de problemas y una vez que supiera que su socio estaba muerto, la venganza lo iba a impulsar implacablemente, como una de las máquinas de vapor que disecciona la pradera y la abre al mundo moderno. Tendrá que morir, decidió Salomón. Brody y sus hombres también.

CAPÍTULO VEINTE

Stone vio la nube de polvo cuando llegó a la cresta. Estaban a una distancia considerable de él, pero no podía haber ningún error. Quienquiera que hubiera encendido la fogata venía hacia él. Persiguiéndolo. Por la cantidad de polvo, sabía que había más de uno, así que eso fue lo que ordenó nuestro Roose. Y estaban cabalgando rápido. Deseó tener los prismáticos de Roose para saber quiénes eran. Maldiciendo su mala suerte, espoleó a su caballo y la puso al galope, dirigiéndose al único lugar al que se sentía más seguro: el de Reuben Cole.

Sentado en su amplia terraza, Cole contempló el vasto paisaje que bordeaba su rancho. Desde el día anterior, se sentía inquieto, pisando fuerte por la casa grande sin rumbo fijo, ignorando las súplicas de Maddie de descansar. "He descansado lo suficiente", le dijo y pasó mucho tiempo limpiando sus armas, revisando su silla y brida, asegurándose de que sus cantimploras y sacos de grano estuvieran preparados y listos.

"No vas a salir", ella dijo, saliendo a la veranda. Sus mangas estaban arremangadas, un pañuelo escarlata atado alrededor de su cabeza, la cara enrojecida por el esfuerzo.

"¿Qué has estado haciendo ahí?" Preguntó Cole.

"Limpieza. No estoy segura de quién era esa mujer a la que tenías limpiando, pero hay mucho trabajo por hacer para aclarar este lugar".

Sonrió, a pesar de la pesadez que sentía en su corazón. "No necesitas hacer nada de eso, Maddie".

"Claro que sí", dijo, acercándose y sentándose en su regazo. Ella le rodeó el cuello con los brazos y lo besó apasionadamente. "Necesitas una mujer que te cuide, Cole".

"Bueno, espero haber encontrado una".

Se besaron de nuevo, pero de repente ella se tensó y se apartó, preocupada. "¿Cuándo se lo diremos a Sterling?"

Cambiando de posición, Cole miró hacia otro lado, incómodo, preocupado. "No sé. Va a ser lo más difícil que he hecho en mi vida".

"¿Peor que cazar indios?"

"Mucho peor", dijo sin dudarlo. "Él es mi único amigo verdadero. Sé lo mucho que significas para él".

"No es algo que hayamos planeado nosotros, Cole".

"Yo sé eso. Sin embargo, eso no lo hace más fácil".

Ella apoyó la cabeza en su hombro, acariciando la parte posterior de su cuero cabelludo, y ambos se hundieron en sus propios pensamientos.

Al principio, mirando hacia arriba unos momentos después, Cole creyó que el remolino de polvo era un simple diablo, levantado por el viento que a menudo salía de la nada para asaltar el suelo. Mientras se concentraba, se dio cuenta de que se acercaba un jinete. Palmeó el brazo de Maddie. "Ve al estudio, Maddie, toma del estante un Winchester para ti".

Poniéndose rígida, se sentó y siguió su mirada. "Podría ser Sterling".

"Podría, pero está galopando como si los perros del infierno estuvieran detrás de él". Se inclinó hacia su costado, tomó su propio rifle de repetición y metió un cartucho en la brecha. "Ve y busca esa arma y quédate adentro".

Al sentir su tensión, Maddie inmediatamente desapareció dentro y Cole se puso de pie.

Esperó, prestando toda su atención en el jinete.

No era Roose. Ausentes estaban la reveladora levita negra y el viejo Stetson maltratado que siempre usaba Sterling. Este jinete iba con la cabeza descubierta, vestía una camisa azul pálido y pantalones de mezclilla.

Dejándose caer sobre una rodilla, Cole levantó la mira trasera plegable y entrecerró los ojos a lo largo del cañón hasta que tuvo al jinete a la vista. Se sobresaltó cuando el hombre se acercó.

"Stone", jadeó y se puso de pie.

Stone frenó bruscamente su montura, el caballo pataleaba y relinchaba, los ojos muy abiertos por la alarma y las fosas nasales dilatadas. El joven saltó antes de que el polvo se hubiera asentado y corrió hacia Cole.

Vienen, señor Cole. Cinco de ellos".

"¿Vienen? ¿Quiénes están viniendo?"

"Los hombres que... Ah, tengo que decirlo, señor Cole". Sin previo aviso, las lágrimas brotaron de sus ojos y se desplomó en el último escalón que conducía a la terraza. Sin aguantarse, sus emociones reprimidas estallaron como las aguas de una presa rota. Presionando su rostro entre sus manos, lloró incontrolablemente.

"Hijo", dijo Cole en voz baja, sentándose a su lado. Suavemente deslizó su brazo alrededor de los hombros de Stone. "Intenta decirme qué diablos está pasando".

Luchando por reprimir los temblorosos sollozos, Stone finalmente levantó la cabeza, tragó aire y se tranquilizó. "El señor Roose y yo fuimos a la ciudad de Lawrenceville. El señor Samuels, dijo que no podía estar involucrado en ningún asesinato, así que se fue. Pero luego, mientras bajábamos hacia el pueblo, vimos a los indios Comanches, creo. Tenían al señor Samuels con ellos. El señor Roose, se convirtió en... No sé cómo explicarlo, pero cambió. Ya había... Stone cerró los ojos con fuerza. "Cougan, ¿Se acuerda de él?"

"Así es. Su padre cabalgó con nosotros años antes".

"Él... El Sr. Cole, yo nunca había visto nada parecido a lo que sucedió. Cougan se puso muy nervioso cuando el señor Samuels dijo que volvería aquí. Cougan sacó un cuchillo e iba a matar al pobre señor Samuels..."

"¿Él iba a hacer *qué*?"

"Es verdad, se lo juro. Pero el Sr. Roose, simplemente se acercó por detrás y clavó su propio cuchillo profundamente en la espalda de Cougan, lo mató allí mismo. Luego, simplemente se acostó en el suelo y se durmió, como si nada hubiera pasado".

Cole desvió la mirada hacia el campo abierto. "Sterling ha estado actuando un poco extraño estos últimos meses. Como si estuviera perdiendo el control de sus sentidos".

"Escuché decir que ese tipo de cosas le pasan a menudo a la gente mayor. Pero el señor Roose no era tan mayor, ¿verdad?"

Cole no respondió, simplemente dejó escapar un suspiro. "Sigue con la historia, hijo".

"Bueno, cuando los vimos cabalgando con el señor Samuels, el señor Roose me dijo que regresara aquí, le dijera que mandara a buscar soldados para que fuesen a Lawrenceville y arrestasen a ese Kestler. Luego él se fue hasta allí".

"¿Sterling fue a la ciudad?" Stone asintió con la cabeza, respirando ruidosamente. "¿Para enfrentarse a Kestler por su cuenta?"

"Esa fue su idea, creo. Dijo que solo hablaría, convencería a Kestler de que dejara ir al Sr. Samuels. Pero... Señor Cole, él era diferente. Él estaba frio. Como si estuviera en otro lugar".

"Dispara", dijo Cole, frotándose la cara, pensando mucho. "Estaba dispuesto a matarlo. Sé que desde los viejos tiempos, Sterling se volvería como un hombre poseído".

"Hay algo más".

Cole asintió. "Pensé que podría haber algo más".

"Me están siguiendo. Esos comanches. Han estado tras mi rastro toda la noche y el día. Los he guiado directamente hacia usted, señor Cole".

Entonces sucedió algo curioso.

Una sonrisa se extendió por el rostro de Cole. "Eso es lo mejor que podrías haber hecho, hijo". Se volvió hacia el joven jinete. "Coge tu gran arma Sharps y sube al balcón con Maddie. Cuando de la señal, viertes plomo en esos renegados hasta que no queden más en pie".

"¿Qué va a hacer usted?"

Cole se puso de pie, se puso el Winchester sobre el hombro y volvió a sonreír. "Les voy a dar el mayor impacto de sus vidas".

. . .

Desde donde frenaron sus caballos, la casona parecía desierta. El de la cara cortada cruzó las manos sobre el pomo de su silla y se inclinó hacia adelante. "Debe estar adentro".

"Las pistas nos dicen que vino por aquí", dijo otro, observando las huellas en la tierra.

"Entonces tendremos que entrar y sacarlo", dijo Brody. Sonrió a los demás. "Una vez que lo tengamos, podemos buscar en la casa y tomar todo lo que dejó Salomón. El señor Kestler estará más que satisfecho".

"Él todavía tiene que pagarnos", dijo Cara Cortada con énfasis.

"Él no se preocupará por eso". Estudió el piso superior y algo en él lo hizo desconfiar. "No estoy seguro, pero creo que tal vez él está ahí, mirando".

"¿Mirando?" Cara cortada sacó su revólver. "Vamos adentro y matemos a ese viejo tonto".

Brody asintió con un gruñido e hizo avanzar su caballo.

Desde el balcón, Maddie y Stone rozando sus rodillas desde sus posiciones boca abajo, abrieron fuego sobre los indios, una ráfaga ensordecedora y casi continua.

Gritando órdenes por encima del tumulto, Brody hizo retroceder a su caballo, desenfundó su Colt y respondió al fuego con disparos salvajes, alocados y sin puntería. Una pesada bala se estrelló contra el indio que estaba a su lado y lo arrojó al suelo. Otro gritó, las balas le acribillaron el pecho. "Repliéguense", gritó Brody, pateando frenéticamente los flancos de su caballo, mientras sus otros dos compañeros se dispersaban en la dirección opuesta.

Mientras luchaba por controlar su montura enfurecida, Brody miró fijamente su muerte que se acercaba rápidamente.

Un caballo llegó tronando desde el flanco lejano, golpeando el suelo, en curso de colisión con Brody y sus hombres. Se quedó boquiabierto de incredulidad, sin saber qué hacer, sin saber por qué el caballo cargaría con tanta determinación, con tal control.

Pronto, en unos pocos parpadeos, vio la razón.

Un hombre, oculto a la vista, venía presionado de plano contra el lado más alejado del flanco de su caballo, se subió a la silla, el Winchester apuntando, disparando. Disparos medidos, algunos desviados debido a la sacudida del caballo hacia adelante, pero lo suficiente como para lanzar a los Comanches restantes de sus sillas mientras intentaban escapar desesperadamente.

Cole tiró el Winchester vacío al suelo, sacó su Colt de Caballería del cinto ceñido a su cintura y le clavó una bala en el hombro derecho a Brody, arrojándolo por encima del lomo de su caballo, que se encabritó, gritó y salió disparado a través del terreno seco y empacado.

"¡Cole!"

Para estabilizar su caballo, Cole rodeó el cuerpo retorciéndose de su posible asaltante y miró hacia arriba para ver a Maddie de pie en el balcón, con el antebrazo desnudo presionado contra su frente. "Cole, por el amor de Dios..."

"Está bien", escupió y se dejó caer de la silla.

Brody se retorció, sangre bombeando de la espantosa herida en lo alto de su pecho. Su propio revólver yacía tentadoramente cerca pero, cuando sus ojos febriles se clavaron en él, Cole lo pateó más lejos de su alcance. Echó hacia atrás el martillo de su arma. "¿Qué le hiciste a mi amigo?"

Desde algún lugar, en medio del mar de dolor que lo invadía, Brody se dio cuenta de la voz de Cole. Las palabras. Su significado. Forzó una sonrisa. "Ve a averiguarlo tú mismo", dijo.

Cole se pasó la lengua por los labios, sacudió la cabeza y volvió a poner la Colt en la funda. "El problema es, muchacho, que despaché escoria como tú a través de esta tierra hace un cuarto de siglo, así que sé todo sobre tus costumbres. Sé que te habría encantado torturar a mi amigo". Señaló con la cabeza el cuchillo Bowie de Brody enfundado en su cadera. "Habrías usado eso, dividiendo a mi amigo de proa a popa. Lo he visto. Lo sé. Y ahora", hizo una pausa para lograr el efecto antes de alcanzar detrás de él para sacar su propio cuchillo de hoja pesada, de unas treinta pulgadas de largo acero frío, "ahora, te va a pasar lo mismo a ti".

"No te diré nada, gringo".

"Oh, sí que lo harás", dijo Cole, "me lo contarás todo".

A los cinco minutos de ponerse a trabajar, Cole aprendió todo lo que necesitaba saber. No escuchó los gritos de Maddie ni vio a Stone vomitando. No escuchó ni vio nada. Solo lo que dijo Brody. Y luego Cole abrió al hombre y lo dejó desangrarse bajo el sol ardiente de un día tan largo y terrible.

"Quema los cuerpos", le dijo Cole a Stone después, volviendo a revisar sus armas y enrollando la manta de su cama. "Luego, ve a la ciudad y envíale un telegrama al ejército en Carson City, diles lo que está sucediendo en Lawrenceville. Que Kestler está financiando sus acciones en el ferrocarril robando objetos de valor de las grandes casas que rodean Freedom. ¿Crees que puedes hacer eso?"

"Claro que puedo, señor Cole. Usaré el teléfono. Será más rápido".

"Bien", dijo Cole. Cuanto más rápido, mejor, pensó para sí mismo. No tenía idea de cuántos hombres tenía Kestler trabajando para él. Necesitaría todo su ingenio sobre él, así como todas sus habilidades. A pesar de los moretones y el dolor en las articulaciones del robo inicial que le causaron muchas menos molestias, persistía una pequeña duda. El ataque a Brody y sus asociados Comanches le había quitado mucho. No importa lo difícil que fuera admitirlo a sí mismo, sabía que la edad estaba en su contra. Montar en su caballo a la vieja usanza Apache lo había dejado seriamente fuera de combate. Su espalda se había tensado y sus muslos ardían como si estuvieran sentados en un balde de agua caliente y humeante.

"No puedes ir", dijo Maddie, apareciendo como de la nada, con los ojos llenos de lágrimas. Te lo ruego, Cole. No puedes".

"Tengo que hacerlo", dijo sin levantar la vista de sus preparativos. "Tú lo sabes".

"¡No sé nada de eso! Si bajas solo, terminarás muerto, al igual que Sterling".

Cole dejó de atarse el petate y se mordió el labio. "Precisamente por eso tengo que ir, Maddie. Él era mi amigo. Morir así..." Sacudió la cabeza y se tragó el dolor creciente. "Voy a hacer que paguen por lo que hicieron. Es lo que tengo que hacer".

"Si vuelves, vieja mula testaruda, yo no estaré aquí".

Volvió la cara hacia arriba y miró fijamente sus hermosos ojos húmedos. "Sí estarás".

"¡No, no lo haré, maldita sea!" Ella voló hacia él, sus puños golpeando su pecho, las lágrimas caían en cascada por sus mejillas. "No puedo perderlos a los dos".

Fue a abrazarla, a presionarla contra él, a brindarle algo de consuelo y tranquilidad. Violentamente, ella se liberó, sus rasgos se retorcieron en una máscara de furia pura y salvaje. "Te lo juro, si te vas, me iré".

Se miraron el uno al otro durante mucho tiempo antes de que Cole recogiera sus pertenencias y saliera a zancadas hacia el caballo que lo esperaba. Consciente de que ella estaba allí, mirándole la espalda, se armó de valor para no darse la vuelta. En lugar de eso, se subió a la silla y con suavidad llevó a su caballo a través de la cordillera hacia la ciudad de Lawrenceville y el ajuste de cuentas que les esperaba a todos.

CAPÍTULO VEINTIUNO

La ciudad no resultó tan concurrida como esperaba. Es cierto que había gente alrededor, tiendas abiertas, el establo de librea y las tiendas de mercancías haciendo un rápido comercio, pero faltaba algo. Amabilidad, calidez, llámelo como quiera, estas cosas no aparecían en los rostros abatidos e infelices de la población. En el fondo, había una indiferencia tangible, una aceptación de su suerte. Este no era un lugar feliz.

Había dos hombres sentados fuera del primer salón al que llegó Cole, con los sombreros caídos sobre la cara, las piernas, enfundados en botas de montar hasta la rodilla, estirados, con las armas atadas declarando al mundo exactamente quiénes eran. Tragando su creciente ira, Cole se bajó de su caballo y ató las riendas al poste de enganche. Esto fue un poco como retroceder en el tiempo. La anarquía que una vez se aferró a Occidente parecía haber encontrado su último bastión en esta ciudad lúgubre y poco atractiva.

Mientras subía los escalones hacia las puertas batientes dobles, ambos hombres se levantaron y lo miraron con miradas heladas. Se quitó el sombrero y entró.

A última hora de la tarde había pocos clientes dentro. Otro par de pistoleros estaban en una mesa redonda jugando a las cartas, con expresiones aburridas en sus rostros, humo de cigarrillo colgando sobre ellos en nubes siniestras. En el centro de la mesa había media botella de whisky, con unas pocas monedas de un dólar esparcidas a su alrededor. Una mujer que vestía un corpiño ajustado del escarlata más brillante miró hacia arriba desde su posición a horcajadas en uno de los regazos del pistolero y le dio a Cole una sonrisa. El hombre siguió su mirada. Él no sonrió.

Mientras Cole iba directamente a la barra, escuchó el intercambio de comentarios desde la mesa de juego de cartas. Al mismo tiempo, a través de las puertas entraron los dos del exterior. Cole cerró los ojos, haciendo todo lo posible por mantener la calma. Todavía no buscaba una confrontación, pero sentirse intimidado podría poner la llama en la mecha. Dejó escapar un largo suspiro y captó la mirada del camarero. "¿Sirves café?"

"Servimos lo que quieras, forastero".

"Café negro".

Asintiendo, el camarero se movió hacia el otro extremo de la barra para preparar el pedido y Cole los escuchó acercarse.

Dos de la mesa, dos de las puertas.

Mantuvo los ojos fijos firmemente al frente y pudo verlos claramente en el espejo largo en la pared detrás del mostrador.

"Esa es una poderosa plataforma la que está usando, señor", dijo uno de ellos.

Cole se volvió y estudió al hombre que se acercaba sigilosamente. Alto y desgarbado, en su cintura, un revólver Remington New Model Police muy gastado en una pistolera labrada, arreglado para un tiro cruzado. Era el arma de Roose. Cole guardó su creciente furia para sí mismo, el casi debilitante impulso de extender la mano y apagar la vida del hombre era difícil de controlar. Pero lo logró. En lugar de matar al hombre, se encogió de hombros. Él también lucía una plataforma cruzada. "Podría ser que somos gemelos".

Los demás se rieron, pero el tipo alto frunció el ceño. "¿Cuál es su negocio aquí, señor?"

Ignorando el tono amenazador, Cole sintió algo de alivio cuando el barman regresó con su café. Tomó un sorbo y asintió con aprecio. "Eso está bueno".

"Le hice una pregunta".

"Bueno..." Cole volvió a colocar la taza en su platillo y le dio la vuelta, consciente de la impaciencia del hombre y eso le gustaba. "Estoy de paso".

"¿Pasando hacia dónde?"

"A casa". Los demás no se unieron, permitiendo que el desgarbado hablara por completo. Quizás el cebo podría aumentar en breve, por lo que Cole se tomó su tiempo, tratando de aliviar la tensión. Dijo, tan tranquilamente como pudo, "Amigo, pareces terriblemente agitado. ¿He hecho algo para ofenderte? Si es así, me disculpo".

El de su izquierda se aclaró la garganta, "Sí, vamos Bart, dejémoslo ahora, ¿está bien?"

"De camino a casa", dijo Bart, haciendo a un lado las palabras de su camarada. "¿Y dónde está tu casa?"

"Tucson. Dejé el ejército hace aproximadamente un mes y me estoy tomando mi tiempo cabalgando el campo por última vez".

"¿Dejaste el ejército?"

"Sí, señor. He sido un explorador para ellos durante los últimos treinta años, pero mi tiempo ha terminado. Fuerte Concho cerrará pronto, ahora que la frontera está pacificada".

"¿Es eso lo que hizo, señor?" preguntó el de su izquierda. Un hombre más joven, su rostro juvenil brillaba con curiosidad traviesa. "¿Estabas luchando contra los indios y todo eso?"

"Lo hice, sí. Pero eso fue hace algún tiempo".

Otro hombre se inclinó hacia adelante, "¿Qué opinas de ese Buffalo Bill y su espectáculo del salvaje oeste?"

Cole se rio entre dientes y terminó su café. "¿Es así como se llama? No lo sabría".

Apoyado sobre el mostrador sobre su codo derecho, Bart parecía más serio que nunca. "Entonces, ¿qué piensas de él, ese Buffalo Bill? ¿Tuviste tratos con él?"

"No como tal, no. Lo vi de lejos una vez, hace muchos años. Nunca lo consideré algo más que un oportunista".

"¿Un oportu-qué?" Preguntó el joven.

Cole lo miró. "Tal vez no él directamente, pero gente como él le arrancó el corazón a los indios por lo que hicieron".

"¿Cómo hacen eso?"

"Les quitaron sus medios de vida. Su relación con los búfalos se remonta mucho más allá cuando el Hombre Blanco llegó por primera vez a esta tierra, pero consideramos oportuno destruirlos. O al menos intentarlo. El indio convivía con el búfalo, usaba su carne, su pelaje. Incluso sus tendones. Todo lo que hizo el Hombre Blanco fue cortarle la piel y dejar que su carne se pudriera en la pradera".

"Suena como si usted fuera un amante de los indios, señor".

Cole le dio a Bart una mirada desdeñosa. "Si no les hubiéramos quitado el alma, su forma de vida, no habríamos tenido todos los problemas que hemos tenido y ninguno de los asesinatos".

"¿Todo por matar al búfalo?"

“Principalmente, en mi opinión”.

“¿Pero luchaste contra los indios?” dijo el joven. “Los conocías por lo que eran. Escoria asesina”. Los demás gruñeron de acuerdo. “He oído que algunos más se escaparon de la reserva. Comanches”.

“Todos deberían estar colgados”, dijo Bart entre dientes. “No son más que animales”.

“¿Supongo que nunca has conocido a uno? Cara a cara, quiero decir”. Habló. “¿Intentaste entenderlos?”

“¿Y tú lo has hecho?”

Cole asintió. “En muchas ocasiones”.

Bart se volvió y escupió en la escupidera a sus pies. “Como dije, un amante de los indios”.

“No disculpo lo que han hecho, a los colonos y cosas por el estilo”, continuó Cole sin cesar, “pero lo entiendo. Le quitas madera a un carpintero, ¿qué va a hacer? ¿Convertirse en agricultor? Después de toda una vida haciendo cosas con las manos... Lo mismo pasa con los indios. Los Señores de las Llanuras del Sur, es como llamaban a los Comanches. Pero eso fue en ese entonces cuando esta era su tierra. Ahora es nuestra, pero al menos el búfalo volverá”. Se apartó del mostrador y estiró la espalda. “¿Conoce algún lugar que tenga habitaciones?”

El tabernero, con el que habló Cole, se secó las manos en el delantal. “Penny Albright tiene habitaciones. Lo encontrará dos calles a la derecha del Banco Mercantil Crosskeys”.

Cole se inclinó el sombrero y colocó un dólar en el mostrador. “Quédese con el cambio”.

“¿Pensé que estabas de paso?”

Volviendo su sonrisa hacia Bart, Cole miró la plataforma del hombre, decidiendo allí entonces que él sería el primero en morir. "Necesitaré primero un buen descanso nocturno. Luego, después de un buen desayuno, me pondré en camino". Asintió con la cabeza a cada uno por turno. "Te estaré observando".

Se fue, empujando a través de las alas batientes y se puso de pie para explorar la ciudad. Los pistoleros se acercaron detrás de él y sus espuelas repiquetearon ruidosamente en el silencioso interior del salón. Sin mirar atrás, Colt se acercó a su caballo y se subió a la silla.

Encontró el hospedaje sin muchos problemas.

Penny Albright no era lo que Cole esperaba. No sabía exactamente lo que estaba esperando, pero la esbelta mujer de mediana edad con un rostro sorprendentemente hermoso y ojos verdes que brillaban con picardía que lo saludó cuando lo llamó ciertamente no lo era.

Ella le mostró su habitación, que era pequeña, luminosa y amueblada con mucho confort y limpieza. Un repentino impulso de saltar sobre la cama y brincar arriba y abajo en el colchón se apoderó de él, pero se las arregló para permanecer de pie, bebiendo de ella. Comprobó su mano y vio que llevaba un anillo. Es más, ella se dio cuenta de que él la estaba mirando y se sonrojó.

"¿Mi marido es topógrafo, señor...?"

"Cole. Reuben Cole".

"¿Se encuentra bien, señor Cole? Parece un poco ruborizado".

"¿Ruborizado?" Sintió a lo largo de la línea de la mandíbula, el calor todavía estaba allí por su rubor. "No, no, estoy bien".

"No, me refiero a los moretones".

"¡Ah!" Se obligó a reír, su malestar crecía a cada segundo. Se dejó caer en la cama, repentinamente cansado, el dolor en las costillas regresó con una venganza. Presionó su mano contra su costado derecho sin pensar. Su expresión se volvió más preocupada. "Yo, este... Tuve un accidente en el campo. Nada serio".

"Parece exhausto si no le importa que le diga, señor Cole. Le llevaré una comida caliente a su habitación para que no tenga que bajar. Solo tengo otro huésped, un vendedor ambulante de Kansas City. Él también se irá por la mañana".

"¿Entonces esta es una pequeña ciudad concurrida?"

Ella iba a hablar, luego apretó los labios y se detuvo. Él frunció el ceño. "Solía ser una buena ciudad, señor Cole. Hasta que llegaron aquí ciertos elementos desagradables e hicieron sentir su presencia. Mucha gente se ha ido desde entonces".

"Ah, sí. Creo que conocí a algunos en el salón cuando llegué".

"¿Hombres armados?" Él asintió con la cabeza y de nuevo se dio cuenta de que los ojos de ella se posaban en su propia pistola. "¿Quizás eso es algo de lo que sabe mucho, señor Cole?"

"Soy un explorador del ejército, señora. Ex-ejército. He recorrido cada centímetro cuadrado de este territorio y hombres como los del salón han sido mis compañeros durante demasiado tiempo".

"Espero que no sean compañeros amistosos".

"De hecho no, señora. Tengo un pequeño camión con hombres como esos. ¿Qué están haciendo exactamente aquí, usted lo sabe?"

"Son los empleados de un hombre llamado Kestler. Randolph Kestler. No entraré en detalles, porque es un hombre de hábitos no cristianos y ha traído un sinfín de rencor y malicia a Lawrenceville. Tiene acciones en el ferrocarril y está buscando expandir las vías hacia Nuevo México y más allá, obteniendo ganancias por el transporte de novillos. Ha hecho grandes inversiones y ha cortejado la avaricia de los barones ganaderos desde la frontera con México. Para que ellos puedan confiar en él para mover sus rebaños, necesitaría un pueblo ordenado y muchos han surgido a lo largo del ferrocarril, pero no muchos están ordenados de la forma en que este".

"Entiendo".

"No estoy segura de que lo haga, señor Cole".

"Es un hombre de negocios que busca desarrollar su empresa".

"Un empresario que desarrolla su empresa recaudando dinero utilizando todos los medios que puede para conseguirlo".

"¿Deshonestamente, quiere usted decir?"

Ella frunció los labios, claramente algo incómoda por discutir todo esto con un perfecto extraño. Cole entendió y no insistió. ¿Cómo iba a saber ella quién era él? En realidad, incluso podría ser otro empleado de Kestler, enviado para sondear la opinión pública. Suspiró y se puso de pie, arrojándose el sombrero y quitándose el abrigo. Hizo una mueca cuando una punzada de dolor lo atravesó y ella corrió a su lado y lo ayudó.

"Necesita descansar, señor Cole".

"Gracias, Sra. Albright".

Ella lo miró mientras él se estiraba en la cama.

En un abrir y cerrar de ojos, estaba profundamente dormido.

CAPÍTULO VEINTIDÓS

El viento azotaba minúsculos remolinos de polvo en la calle principal y los caballos atados a los rieles de enganche raspaban el suelo, relinchando de incomodidad cuando pequeños fragmentos de grava les golpeaban la cara o pedazos más pesados les picaban las nalgas.

Kestler, sentado en su mecedora fumando un gran puro, se puso de pie y se estiró. “Se acerca la tormenta”, le dijo a nadie en particular.

Fue a dar media vuelta y volver a entrar. La promesa de una comida caliente y un vaso de bourbon frente al fuego era extremadamente seductora, pero algo lo hizo detenerse. Se volvió lentamente, medio esperando no ver nada más que los caballos, todos nerviosos, anhelando estar dentro de un establo. En cambio, vio a un hombre. Alto, vestido con un abrigo de piel de ante y botas largas, un pañuelo que le cubría la mayor parte de la cara, el sombrero de paja de ala ancha ondeaba con tanta fuerza que parecía que iba a despegar en cualquier momento.

“¿Puedo ayudarle, extraño?”

"Podría ser". Se bajó el pañuelo para revelar sus rasgos escarpados, duros como el pedernal.

Algo en la voz, el acero en ella, hizo que Kestler se tensara. No se inmutó cuando alguien se movió detrás de él.

Bart Owens se acercó a su jefe. "¿Quién es éste?"

"No lo sé".

Owens se aclaró la garganta y dio un paso adelante. "Oye, te conozco. Te conocí anoche. Estabas buscando una habitación. Si está buscando algo más, no tenemos..."

"Roose Sterling".

"¿Quién...?"

Kestler puso un brazo de advertencia sobre el brazo de Bart. "Ve a buscar a los chicos, Bart".

Algo pasó entre ellos, y Bart captando el miedo en la voz de su jefe, dio media vuelta y medio corrió hacia adentro.

"No sé dónde está", dijo Kestler, girando los hombros y colocando los pulgares en la cintura, a centímetros de su revólver, "si eso es lo que estás preguntando".

"Estoy seguro de que usted sí sabe".

Sin previo aviso, el viento amainó, tan repentinamente como había comenzado, y el alivio de los caballos fue palpable. La tensión dentro de Kestler, sin embargo, subió varios niveles. "Dije que no".

El hombre permaneció en silencio, incluso cuando otros cuatro aparecieron en el porche, estampando sus botas, brillando de ira. Quizás su juego de cartas había sido interrumpido o su bebida. Quizás ambos. Claramente, cualquiera que fuese la razón, su temperamento estaba en alto y estaban enrojecidos y ansiosos por una pelea.

"Tendré que pedirle que se vaya, señor. La gente como usted no es bienvenida en esta ciudad. Y...", una mirada rápida a los demás, "como es mi ciudad, tengo la autoridad". Se inclinó hacia adelante, sacando la barbilla, "Así que lárguese".

"¿Es eso lo que usted le dijo a Sterling antes de echarlo y darle de comer a esos salvajes?"

Parpadeando, Kestler se enderezó. "¿Cuáles salvajes?"

"Alrededor de cinco de ellos. Se llevaron a Sterling, lo partieron en dos antes de que lo sacaran y lo cocinaran al sol del mediodía. A continuación, usted me dirá que no tuvo nada que ver con eso".

"No lo hice. ¿Quién es usted, señor?

"La cosa es", el extraño se frotó la barbilla, "fui a la reservación antes de venir aquí. Hablé con algunas personas allí. Es un poco inusual que Comanches, o cualquiera de ellos, se escapen hoy en día. Sin razón. Excepto..." Bajó la mano, "Que se les ofrezca una buena oportunidad para ganar algo de dinero".

Alguien silbó débilmente. Otro tosió nerviosamente. Un tercero se excusó y volvió a entrar. Kestler nunca permitió que sus ojos se apartaran del extraño. "No sé a qué se refiere".

"¿Es correcto? Bueno, déjeme iluminarle. Ha estado empleando pandillas para robar varias propiedades alrededor de estas partes, pagándoles una miseria por el valor de los artículos que roban. Es lo que sé". Señaló el interior del gran salón. "Estuve aquí anoche. Vi uno de los cuadros de mi papá en su pared allí".

"*¿Uno de los de su papá...?* Señor, mi consejo, dese la vuelta y váyase. Ahora". Él sonrió, antes de darle más énfasis a sus amenazas, "Antes de que salga lastimado".

El extraño, sin embargo, ignoró las palabras de Kestler y continuó sin cesar, con una indiferencia irritante. "Las cosas de mi papá, no son lo que me trajo de regreso. Es lo que usted le hizo a Sterling. Verá, era un amigo y, justo antes de que le cortara los ojos al joven alimaña que guiaba a esos Comanches, me dijo quién lo había motivado". Rodó su lengua alrededor del interior de su boca y escupió en la tierra. "Fue usted, Kestler".

"¿Joven alimaña? Señor, parece que está inventando una historia salvaje".

"Se llamaba Brody".

Los pistoleros a ambos lados de Kestler se pusieron rígidos. Bart asomó la mandíbula. "¿Brody? ¿Qué dijo usted que le hizo? ¿Cortarle los ojos?"

"Mucho más que eso, después de que maté a los que cabalgaban con él".

"Eso es una cochinada salvaje", dijo uno de los otros.

"Eso es lo que serás muy pronto, muchacho".

Una frialdad escalofriante se apoderó de todo.

Kestler, un hombre corpulento, con la barriga pesada colgando del cinturón, confiaba en sus habilidades. Había matado a muchos hombres, algunos, como ahora, cara a cara. Sin embargo, había algo en este hombre que lo irritaba. Nunca había conocido algo así, nunca se había enfrentado a un hombre como este. Había algo tan diferente en él. Una tranquilidad. Una propensión latente a la violencia. El aire de peligro, de alguien de quien debería tener cuidado.

Dejando a un lado estas dudas y ansiedades, Kestler soltó una carcajada y aprovechó la oportunidad. Se movió, tan rápido como pudo, para sacar su arma, pero antes de que sus dedos se hubieran curvado siquiera alrededor de la culata de su Remington, una bala lo alcanzó entre los ojos. Se derrumbó, sin registrar nada, y cayó con un estruendo colosal al suelo del porche, levantando una nube de polvo antiguo que se cernió como un sudario sobre su cadáver.

Por un momento nadie se movió. Todo había sucedido tan rápido. Y ahora Kestler estaba muerto. En un minuto esa conocida burla, esa arrogancia desdeñosa, ahora no quedaba nada excepto una cáscara vacía.

Bart Owens se recuperó primero. Buscó su arma, la misma que le había quitado a Roose, la pistola que el extraño conocía tan bien. Dos balas impactaron en el pecho de Bart, haciéndolo girar salvajemente hacia atrás a través de las puertas batientes dobles para colapsar en el salón. Una mujer gritó.

Los otros dudaron.

"Él era su jefe", dijo el extraño, "ya no lo es. Así que ríndanse. Ya usted están sin trabajo".

Estaba de pie con el Colt en la mano, un diminuto gusano de humo salía del cañón.

Por un momento, pareció que nadie respondería o haría lo más sensato. El mundo se detuvo. Nadie habló ni respiró. Luego, gradualmente, comenzó el deshielo. Los ojos de los hombres parpadearon y los hombros se relajaron. Intercambiaron miradas y, uno a uno, se dieron la vuelta dejando que el extraño considerara el cuerpo muerto de Kestler. Un pequeño giro hacia arriba de una esquina de su boca fue su única reacción.

El inconfundible sonido del martillo de un revólver hizo que Cole se congelara.

"Suelte su arma y dese la vuelta, amable y lento señor Cole".

Él hizo como le fue ordenado, la Caballería golpeó el piso de madera con un fuerte golpe.

"Eres malditamente bueno, diré eso a tu favor", dijo el hombre. Llevaba un chaleco negro, las mangas de la camisa blanca arremangadas hasta los codos y las gafas echadas hacia atrás en la parte superior de la cabeza. La pistola en su mano apenas se movió. "Pero quizás tus días hayan terminado como luchador indio. Dudo que pudiera haberme arrastrado hasta ti tan fácilmente cuando estabas en las llanuras, cazando Comanches".

"Solo haz lo que necesites".

Una sonrisa antes de que la cabeza del hombre estallara en una enorme bola carmesí y blanca de sangre y cerebro.

Antes de que el cadáver roto cayera al suelo, Cole se zambulló, golpeó las tablas del suelo y rodó. Barriendo el Colt Cavalry, se las arregló para disparar tres rondas hacia el hombre que estaba a unos veinte pasos de distancia en medio de la calle, con su Winchester haciendo palanca en otro cartucho. Con la cabeza gacha, Cole se condujo a través de lo que quedaba de las puertas batientes cuando las balas golpearon la pared a ambos lados de él.

Se tomó un momento y miró a los aterrorizados clientes que se escondían detrás de las mesas vueltas hacia arriba o que se encogían de miedo en las esquinas. Un pistolero con el tallo de una pipa de hueso blanco que sobresalía del bolsillo de la camisa se acercó corriendo. "Es Salomón", dijo. "Me dejó en las afueras de la casa de Stacey Childer. Le debo por eso", enfatizó sus palabras frotando la parte posterior de su cráneo.

"Esta es mi pelea", dijo Cole, aprovechando la oportunidad para recargar su arma.

"No importa quién lo mate", dijo el fumador de pipa, "pero uno de nosotros tiene que hacerlo, no se detendrá". Él sonrió. "Me ha dejado sin trabajo, señor Cole, ya que mató a mis dos empleadores. ¿Ese que te dejó caer? Era el socio de Kestler, se llamaba Doc Haynes. Salomón, es el que irrumpió en tu casa. Si nos ayudamos unos a otros, tal vez puedas dejarme tomar mi parte del botín que robaron".

"Una parte de ese botín es mía".

El hombre levantó las manos, "Oye, no me refiero a tus pertenencias. Todo lo que necesito es suficiente para instalarme en una pequeña taberna en el camino de México. Esta vida no es para mí. Necesito un cambio de escenario". Se frotó la nuca. Me golpeó tan fuerte, justo cuando estaba a punto de sacar a esa pobre señora Childer de su miseria. Al menos creo que fue Salomón. Cuando recobré el conocimiento, todos se habían ido. Pero lo que sea, nunca me gustó su aspecto".

Otra sonrisa y corrió hacia las puertas, doblado en dos, pistola en mano. Echó un vistazo rápido al exterior, antes de salir rodando al aire libre.

Cole lo siguió a través del salón y se aplastó contra la pared adyacente a las puertas destrozadas. A través de la madera astillada, se las arregló para ver al hombre de la pipa corriendo por la esquina y perderse de vista.

Dos rondas de Winchester colocadas de manera uniforme le siguieron rápidamente y le dijeron todo lo que necesitaba saber.

Volvió a mirar al salón. Las personas restantes estaban saliendo rápida y decididamente por la puerta trasera. A su lado había un tramo de escaleras que conducía a varias salas cerradas, salas donde indudablemente las putas entretenían a sus clientes. Cole corrió hacia las escaleras y las tomó subiendo los peldaños de dos en dos.

Probó cada puerta por turno y resultó que todas estaban cerradas. Maldiciendo, se dio la vuelta y le gritó al camarero que estaba sentado detrás del mostrador, con las rodillas pegadas al pecho, meciéndose. "Las llaves", gritó.

El barman lo miró con ojos vagamente indiferentes.

"¡Quiero las llaves de estas puertas!"

Su única posibilidad de escapar, se convenció a sí mismo, era atravesar una de las ventanas de la habitación, lanzarse a la calle de abajo e intentar flanquear al misterioso Salomón. Una gran oportunidad, pero se dio cuenta de la única que le quedaba, mientras más disparos medidos sonaban desde fuera, acompañados de chillidos y gritos. Estaba matando a los clientes que huían. El hombre estaba indignado. Un maníaco homicida. Trastornado. Cole respiró hondo, se acercó a la primera puerta y pateó la cerradura con todas sus fuerzas.

Se astilló pero permaneció firmemente cerrada.

Otra patada, luego otra. Cole, respirando con dificultad, sabía que tenía poco tiempo. Otra patada. La puerta cedió levemente. Con un par más debería lograrlo.

Una bala alcanzó el marco de la puerta y provocó una pequeña lluvia de fragmentos de madera. Se tiró boca abajo al suelo mientras otra bala golpeaba la pared donde solo había estado unos momentos antes.

Desde donde yacía, el ángulo sería imposible para que Salomón hiciera un buen disparo. Sin embargo, si se movía...

Escuchó una carcajada desde abajo, un sonido que le produjo un escalofrío en el alma. El hombre realmente estaba disfrutando de la matanza.

La primera bala atravesó el piso de madera del balcón a centímetros de la pierna de Cole. Salomón estaba debajo, disparando tiros en intervalos medidos, puntuando cada disparo con una carcajada.

"Te voy a matar, Cole. Debería haberte matado en tu casa. Pensé que sí, pero tú eres un viejo duro". La palanca funcionó. "Pero ahora, el día de tu juicio final está cerca". El martillo se amartilló. "Adiós veterano. Disfruta de tu tiempo en el infierno".

La conformidad resonó en el salón.

Cole hizo una mueca, cerrando los ojos con fuerza, esperando el dolor punzante.

Nunca vino.

El olor acre de la cordita le llegó a la nariz y poco a poco soltó el aliento. Esperó, esforzándose por oír a Salomón moverse abajo. Pero no hubo nada. Aprovechando su oportunidad, se sentó y miró hacia el salón.

Allí, junto a las puertas batientes dobles, estaba Stone, con so rifle Sharps en las manos.

Amy Childer condujo su pequeño coche por la calle principal de Lawrenceville, Stacey sentada a su lado. Había una pandilla de transeúntes fuera del establo de librea, mujeres y hombres mirando horrorizados, rostros blancos como la tiza.

"¿Qué ha sucedido?" Amy preguntó.

"Hubo un tiroteo", dijo una anciana. "Vino un extraño y ahora están todos muertos".

"¿Todos?"

"Kestler", dijo otro, "y ese horrible Haynes. Todos están muertos".

"Uno grande y gordo entró allí y un joven lo mató a tiros".

Amy volvió la cara hacia el salón y vio a dos hombres que salían, ambos altos, uno vestido con pieles de ante. El "gordo grande" tenía que ser Salomón. Ella agradeció a Dios por eso. Y también por lo sucedido a Kestler. Ahora, tal vez, si pudiera mantener a Stacey sobrio, podría hacer algo con su vida. Asintiendo con la cabeza al pequeño grupo de espectadores, llevó su pequeño coche a la calle y se alejó de la ciudad, decidiendo allí y entonces, no volver nunca más.

Ataron lo que quedaba de las antigüedades robadas al lomo de una mula robada. Se detuvo un pequeño coche conducido por una mujer llamativa. Cole se quitó el sombrero.

"Me han dicho que hubo un tiroteo".

"Algo", dijo Cole. "Todo ha terminado ahora".

"Me preguntaba... Había un hombre llamado Salomón. Nos ha estado aterrorizando a mi marido y a mí. ¿Fue él...?

"Sí, señora. Él no la molestará más". Cole frunció el ceño e hizo un gesto hacia el hombre que estaba a su lado. "¿Ese es su marido?" Ella gruñó. "Me dijeron que Kestler envió a alguien a matarlo".

"Sí. Lo derribé con el plano de una pala".

Cole se rio. "Supongo que es lo menos que se merecía. ¿Qué planea hacer ahora, señora?

Ella se encogió de hombros. "Alejarme de aquí lo más que pueda. Empezar de nuevo. Va a ser difícil, siendo mi marido como es".

"Señora..." Cole se acercó a la mula y hurgó dentro de uno de los sacos. Sacó algo envuelto en una gruesa lona y se acercó a la mujer. Abrió con cuidado el envoltorio y presionó una figura bellamente tallada en su mano. "Esta es una figura de Meissen, procedente de Alemania. Era de mi papá y probablemente valga más que toda esta ciudad junta. Creo que en San Francisco podría recaudar suficiente dinero para cualquier tipo de vida que quisiera".

Con la boca abierta, una lágrima rodando por su rostro, miró profundamente a los ojos de Cole. "No podría... Esto es más que generoso, pero no podría..."

"Por supuesto que puede", dijo con una sonrisa y le dio unas palmaditas en la mano. "He visto suficientes muertes este día como para hacerme sentir mal del estómago. Esto contribuirá de alguna manera a que todo parezca que valió la pena".

Él se alejó y la observó de cerca mientras ella, respirando ruidosamente, colocó con cuidado la figura en la parte trasera del coche y se alejó.

"Dios mío, eso fue algo bueno que hizo allí, Sr. Cole".

"¿Eso crees?" preguntó Cole, levantando una ceja hacia Stone. "Así mismo fue lo que hiciste por mí".

Stone sonrió torpemente.

Regresaron a su espantoso trabajo. Los cuerpos los amontonaron en un vagón abierto y juntos los llevaron a la funeraria, cuya tienda tapiada parecía desierta, pero dejaron el vagón allí de todos modos.

Sin una palabra, ambos hombres comenzaron su viaje de regreso a casa.

Cole cabalgó, dejando atrás su pasado, la decisión ya tomada ahora. La matanza tenía que terminar. Con Roose muerto, todo lo que había conocido se había ido.

Excepto por Maddie.

Maddie, quien le había rogado que no fuera, quien le advirtió que no estaría allí cuando regresara.

Si regresaba.

Sin embargo, antes de que cualquiera de ellos lo hiciera, fueron a buscar a Roose.

Por última vez, Cole usó sus antiguas habilidades de rastreo y cuando llegaron al lugar, Stone lloró. Cole, en silencio, cavó la tumba.

La ciudad, cuando pasaban por la calle principal más tarde ese día, se veía más o menos igual que antes. Al pasar por la oficina del alguacil, vieron al joven Thurst pegando un par de carteles de se busca en la pizarra afuera. Miró a Cole por encima del hombro y se detuvo. Se volvió. "¿Lo encontraste?"

Cole asintió y volvió la mirada hacia el final de la calle. "Enterré lo que quedó de él". Algo se le atrapó en la garganta y tomó su cantimplora y tomó un trago grande, deseando que fuera algo más fuerte. "Estoy seguro de que lo extrañaré". La gente se ocupaba de sus asuntos diarios, compraba, conversaba, pasaba el tiempo. Si tuviera una fotografía de este lugar de hace un cuarto de siglo, se vería exactamente igual. Excepto que en ese entonces Sterling Roose sería parte de eso. Cole pensó en eso por un momento antes de dejarlo en el fondo de su mente. Habían tenido una buena racha, mejor que la mayoría, y Cole siempre supo que algo así sucedería al final. Para hombres como Roose y él, así fue como la vida había seguido su curso.

"¿Qué pasará ahora?"

Salido de su ensueño, Cole miró a Thurst. "Elegir un nuevo sheriff, supongo".

"Oh". Thurst volvió la cara al suelo. "Señor Cole, yo admiraba mucho al señor Roose. Lo voy a extrañar".

"Yo también, hijo. Yo también". Hizo un gesto hacia el letrero del sheriff encima de la puerta. "Serías un buen sheriff, Stone".

Stone se quedó boquiabierto. "Señor Cole... No creo..."

"Tonterías, hijo. Presentaré tu nombre. Pero por ahora", alejó lentamente su caballo, "tengo algo un poco más urgente de lo que ocuparme".

Sacudió las riendas y avanzó suavemente, preguntándose qué encontraría esperándolo en casa.

Rompiendo a galope, dejó los límites de la ciudad y se dirigió en dirección a su gran casa. Aquella a la que su padre le había puesto tanta energía en la construcción. Cole nunca apreció realmente lo fría que era la casa, ni cómo podía calentarla el amor de una buena mujer. Ahora, incluso eso estaba perdido para él. Debería haberse esforzado más, rogarle que se quedara. Sin embargo, no lo hizo. Su estúpido orgullo una vez más se interpuso y ahora, realmente estaba solo.

Se acercó a la colina y detuvo a su caballo, el corazón latía tan fuerte contra su pecho que pensó que podría estallar.

Allí, justo al otro lado de la puerta, estaba su cochecito. En el patio del establo, el caballo masticando algo. Algo sabroso sin duda. Algo que la pequeña yegua siempre tendría.

Porque ella estaba ahí.

Maddie no se había ido.

Como si sintiera su acercamiento, apareció en el porche, enmarcada en la puerta, las mangas de su vestido arremangadas, un pañuelo alrededor de su frente para mantener su cabello rubio suelto fuera de sus ojos. Estaba de pie con un cubo en una mano y un trapeador en la otra. Los bajó a los dos, se puso las manos en las caderas e incluso desde esa distancia, vio el destello de su sonrisa.

Sacudiendo las riendas, su corazón se hinchó, Cole pateó a su caballo al galope y la sonrisa en su rostro fue más amplia de lo que había sido antes en toda su vida.

Querido lector,

Esperamos que hayas disfrutado leyendo *El que Viene*. Tómese un momento para dejar una reseña, incluso si es breve. Tu opinión es importante para nosotros.

Atentamente,

Stuart G. Yates y el equipo de Next Charter

La historia continúa en:
El cazador por Stuart G. Yates

El Que Viene
ISBN: 978-4-86750-137-5

Publicado por
Next Chapter
1-60-20 Minami-Otsuka
170-0005 Toshima-Ku, Tokyo
+818035793528

5 Junio 2021

www.ingramcontent.com/pod-product-compliance
Lightning Source LLC
LaVergne TN
LVHW101920220826
846093LV00009B/318
9784867501375